瑞蘭國際

瑞蘭國際

絕對實用！

玩法國，
帶這本就夠了！

Yannick Cariot、蘇曉晴　合著

繽紛外語編輯小組　總策劃

作者序

Cher lecteur,

Je suis enchanté de pouvoir partager avec vous un petit bout de mes origines à travers ce livre. Ayant voyagé à droite à gauche autour du globe, je porte néanmoins toujours autant de passion à flâner au hasard sur la terre de mon enfance et découvre sans cesse quelque chose qui attise mon goût pour l'aventure. Au détour d'un regard, d'un boulevard, d'un instant ou d'une goutte de pluie, la surprise sera de la partie!

Si vous pensez pouvoir rencontrer le français type avec son béret et sa baguette de pain sous le bras vous allez déchanter ; le français est plutôt accueillant et est plus susceptible de partager son expérience et ses préoccupations ordinaires, bien que parfois il montre sa timidité quant à la pratique des langues étrangères.

Au-delà de la traditionnelle image nourrie d'art culinaire et de haute couture, la France vous révèlera aussi ses secrets les plus intimes. De l'immersion dans effervescence des grandes villes, à la rêverie tranquillement assis à la terrasse d'un café du sud à l'ombre des arbres, ou encore en ballade le long d'une plage de la côte ouest, la France est une mosaïque d'endroits, de paysages, de personnalités et d'histoires qui ne se ressemblent pas ; chacun y trouvera chaussure à son pied.

Vous trouverez au détour des chemins tant de produits du terroir, que vous n'aurez jamais assez de temps pour tout expérimenter!

Et oui, vous le savez maintenant, la France est grande, il faudra revenir!

親愛的讀者們

　　我很高興藉由這本書，與大家分享我來自的國家－法國。過去這幾年，我在世界各地旅行生活，但回到法國的我，依舊喜愛在故鄉的土地上到處走走，不論是在小角落、在大街道、在掉落的雨滴中，每一刻，處處都有新鮮事在發生，得以滿足我及熱愛冒險者的心。

　　如果你期待在法國可常看到頭戴法式貝雷帽（又稱畫家帽），手夾棍子麵包的法國人，那麼你可能會有點失望。然而法國人卻非常願意與你分享他們的經驗、所見與想法，即便需要用他們不熟悉的外語（前提是最好先用法語跟他們打招呼）。

　　在時尚和美食等對法國的傳統印象外，法國還有更多不為人知的秘密。你可以沉醉在歡樂的大城市裡，坐在夢想中的寧靜南法咖啡廳其樹影下，又或沿著西海岸邊散步，法國，就像一個嵌入各種特色地方、景觀、人與故事的精采馬賽克畫作，每個人都可找到合適並喜愛的地方。

　　走過小街巷弄，你還可以發現各式各樣的特色產品，這樣說吧，你永遠都沒有足夠的時間體驗一切。

　　所以你現在知道了，法國很大，絕對值得你一再造訪。

親愛的讀者們

Bonjour ～

　　首先謝謝你們拿起這本書，它正是為喜愛法國、對法國文化有興趣的你們而寫的。作為一位旅遊文字工作者及法國人妻，可以將多年自助旅行所觀察到的各種應對細節、溝通訣竅，以及對法國的過去、現況，和永遠不變的特色之了解，一一詳盡地介紹在書裡，真是讓人相當興奮。

　　在本書中，我們針對旅途中所可能遇到的狀況，區分成「準備篇」、「機場篇」、「交通篇」、「住宿篇」、「飲食篇」、「交友篇」、「觀光篇」、「購物篇」及「問題產生篇」等九個主題，讓對時常得面對不同情況的讀者，得以有合宜的應對方式。此外，為了不讓法文繁瑣的文法問題嚇到大家，在這九大單元內，我們也以最實用又簡單的句型，搭配最常使用的單字予以呈現，我們同時也設計了附錄，補充必要但不過於複雜的資料。

　　最後，希望這本以實用旅遊法語為基底的學習書，可以讓您擁有更多機會深入法國。只要以輕鬆的態度，搭配愉快的心，以及願意嘗試用法語開口的勇氣，相信這趟法國之旅，將會為您帶來難以忘懷的「蹦啾」好心情。

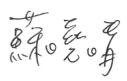

如何使用本書

場景

全書共52篇會話，包含所有旅途中會應用到的場景，功能最完備！

MP3序號

由法籍老師錄製朗讀MP3，只要聆聽並反覆練習，熟悉發音及語調，就能說出一口道地的法語！

Unité 1　**Faire son sac** 打包行李

Chapitre 1
Préparation 準備篇

● 01

跟著法國人說說看

Ⓐ Qu'est-ce que tu fais?
[kɛs kə ty fɛ] 你在做什麼呢？

Ⓑ Je fais mon sac.
[ʒə fɛ mɔ̃ sak] 我在準備行李。

Ⓐ Qu'est-ce qu'il ya dans ta valise?
[kɛs kil ja dɔ̃ ta valiz] 裡面有什麼呢？

Ⓑ Il y a des vêtements dedans.
[il ja de vɛtmɑ̃ dədɑ̃] 裡面有衣服。

▶ Il y a une veste dedans.
[il ja yn vɛst dədɑ̃]
這裡面有 外套 。

實用單字套進 ＿＿＿ 說說看

un livre [œ̃ livr] 書本	des vêtements [de vɛtmɑ̃] 衣服
un chapeau [œ̃ ʃapo] 帽子	des chaussures [de ʃosyr] 鞋子
un cadeau [œ̃ kado] 禮物	un ordinateur [œ̃ nɔrdinatœr] 電腦

旅遊 小幫手　　**法國天氣與備品準備**

　　法國天氣大體上屬溫和，以季節來說，3月春季時溫度仍偏低，需要毛衣；夏季6月多雲之日則會有些涼意，7、8月一般乾燥且炎熱，但早晚氣溫驟降，最好還是準備薄外套備用；9月秋季天氣開始轉涼；11月冬季時別忘帶些厚重的外套以防寒冷。

　　對旅行者來說，不管在什麼時候到法國什麼地方，洋蔥式的穿法都是相當方便的。配件部分，帽子夏可遮陽，春、秋、冬可擋風；女性若帶有跟鞋要注意，法國許多地方都是石板路，容易扭到腳；記得攜帶副太陽眼鏡，法國冬日陽光依然耀眼；乾性或過敏性膚質的人可準備乳液。記得出發前多留意氣象報告，做好對的準備可讓旅途更加順利啊！

14　　　　　　　　　　　　　　　　　　　　　　　　　　　　　　　　　15

基本代換句型

不用死背文法，運用最簡單的句型，替換最實用的單字，說法語一點都不難！

代換單字＆中文翻譯

出國前先背好單字，需要時便能運用自如！

運用基本句型，你也可以開口和法國人對話看看！勇敢說，法語才會進步！模擬最真實的情境，開口說出最適切的法語！

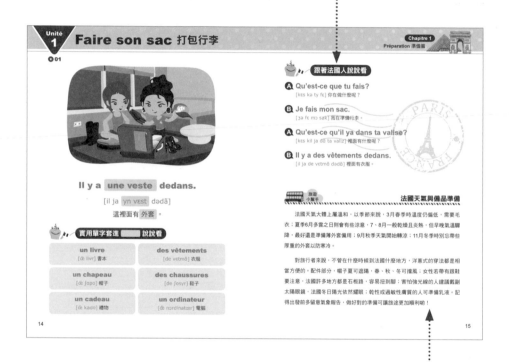

運用基本句型，你也可以開口和法國人對話看看！勇敢說，法語才會進步！模擬最真實的情境，開口說出最適切的法語！

旅遊小幫手

到法國有哪些特色住宿？美食之都有什麼不能錯過的佳餚？讓法國達人為您細數法國生活大小事，幫助您更了解法國！

篇 名

鎖定「準備」、「機場」、「交通」、「住宿」、「飲食」、「交友」、「觀光」、「購物」、「問題產生時」九大主題，讓你玩法國，帶這本就夠了！

附 錄

法國旅遊資訊、法國重要城市介紹、巴黎地鐵圖、法語發音訣竅……一次備齊所有玩法國想知道的大小細節！

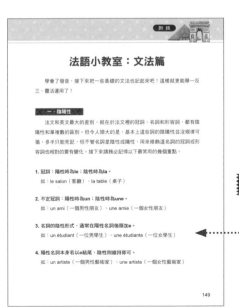

文法小教室

法文裡的冠詞、名詞和形容詞，都有陰陽性和單複數的區別。趕快翻到文法小教室，經過深入淺出的講解提點，觀念就更清楚了！

目 錄

CHAPITRE 1

Préparation 準備篇

1 Faire son sac 打包行李

2 Vérifier son sac 行前確認

◎ 01

Il y a une veste dedans.

[il ja yn vɛst dədã]

這裡面有 外套 。

 實用單字套進 □ 說說看

un livre [œ̃ livr] 書本	**des vêtements** [de vɛtmã] 衣服
un chapeau [œ̃ ʃapo] 帽子	**des chaussures** [de ʃosyr] 鞋子
un cadeau [œ̃ kado] 禮物	**un ordinateur** [œ̃ nɔrdinatœr] 電腦

14

跟著法國人說說看

A Qu'est-ce que tu fais?

[kɛs kə ty fɛ] 你在做什麼呢？

B Je fais mon sac.

[ʒə fɛ mɔ sf sak] 我在準備行李。

A Qu'est-ce qu'il ya dans ta valise?

[kɛs kil ja dã ta valiz] 裡面有什麼呢？

B Il y a des vêtements dedans.

[il ja de vɛtmã dədã] 裡面有衣服。

法國天氣與備品準備

　　法國天氣大體上屬溫和，以季節來說，3月春季時溫度仍偏低，需要毛衣；夏季6月多雲之日則會有些涼意，7、8月一般乾燥且炎熱，但早晚氣溫驟降，最好還是準備薄外套備用；9月秋季天氣開始轉涼；11月冬季時別忘帶些厚重的外套以防寒冷。

　　對旅行者來說，不管在什麼時候到法國什麼地方，洋蔥式的穿法都是相當方便的。配件部分，帽子夏可遮陽，春、秋、冬可擋風；女性若帶有跟鞋要注意，法國許多地方都是石板路，容易扭到腳；害怕強光線的人建議戴副太陽眼鏡，法國冬日陽光依然耀眼；乾性或過敏性膚質的人可準備乳液。記得出發前多留意氣象報告，做好對的準備可讓旅途更加順利喲！

As-tu pris ton **passeport** ?

[a ty pri tɔ̃ **paspɔr**]

你有帶你的 護照 嗎？

實用單字套進 說說看

visa [viza] 簽證	**chargeur** [ʃarʒœr] 充電器
argent [arʒɑ̃] 錢	**carte de crédit** [kart də kredi] 信用卡
billet [bije] 機票	**appareil photo** [aparj foto] 相機

跟著法國人說說看

A As-tu fini de préparer ta valise?
[a ty fini də prepare ta valiz] 你已經準備好行李了嗎？

B Oui, j'ai fini.
[wi ze fini] 是的，我已經準備好了。

A As-tu pris ton passeport?
[a ty pri tɔ̃ paspɔr] 你有記得帶護照嗎？

B Oh non!! Je l'ai oublié.
[o nɔ̃ ze le ublije] 喔不!!我忘記了。

法國電壓與電話通訊

　　法國的插座是兩孔或三孔，插頭為圓柱狀，旅行前須準備好轉接插頭，建議可買一定品質的萬用插頭，可在中途轉機或以後其他國家行程上使用。另外法國的電壓是220V，若需要帶到筆記型電腦、手機、相機等電子設備，可事前確認其電壓是否為100～240V，若不是的話則要加買變壓器。若攜帶電器多，則可帶條延長線，方便使用。

　　如果抵達法國後想撥電話回家報平安，只要在號碼前加上00886，然後加入區碼如台北2，再接上市內電話號碼即可。撥打電話方式可使用Skype，或到Tabac商店買國際電話卡加值使用，至於手機上網吃到飽專案時常調整，建議行前上網確認新資料。

CHAPITRE 2

Prendre L'avion 機場篇

S'enregistrer 登機手續

Où **est l'immigration**, s'il vous plaît?

[u ɛ **ɛ limigrasjɔ̃** sil vu plɛ]

請問 入境審查處 在哪裡？

實用單字套進 [　] 說說看

sont les toilettes [sɔ̃ le twalɛt] 化妝室	**est la fontaine à eau** [ɛ la fɔ̃tɛn a o] 飲水機
est le point information [ɛ lə pwɛ̃ ɛ̃frmasjɔ̃] 機場詢問處	**sont les magasins duty-free** [sɔ̃ le magazɛ̃ dyti fri] 免稅店

est la zone wifi
[ɛ la zon wifi] 無線網路區

 跟著法國人說說看

A Où est l'immigration, s'il vous plaît?

[u ɛ limigrasjɔ̃ sil vu plɛ] 請問入境審查處在哪裡？

B C'est là.

[se la] 在那裡。

A Bonjour, je voudrais prendre l'avion Eva Air 228 pour Paris.

[bɔ̃jur ʒə vudrɛ prɑ̃dr lavjɔ̃ eva ɛr dəcɑ̃vɛ̃tyt pur pari]

您好，我想搭長榮228班機到巴黎。

C Est-ce que je peux voir votre passeport et votre billet?

[ɛskə ʒə pə vwar vɔtr paspɔr e vɔtr bijɛ] 我可以看您的護照和機票嗎？

A Bien sûr.

[bjɛ̃ syr] 當然。

 旅遊 小幫手

行李準備與行李超重時

　　到法國該帶大背包或是行李箱因人而異，行李箱的好處是省力，但由於法國許多景點是石板路，地鐵也非每站都有電梯，相較之下大背包也有其優點，不過得小心有扒手從後方動手。旅客可依是否常移動住宿的地方作為考量，也可攜帶一個小行李箱加一個背包，兩者交替運用，可拉可提的軟行李袋也是不錯的選擇。

　　可攜帶行李重量因每家航空公司及購買的票種各有差異，多半以不超過20～30公斤為主，若是超重，每公斤大約需多付1000台幣，但是否須賠償及賠償的金額，仍以各家航空空司規定及現場狀況為主。

Avant l'embarquement

● 04

Ici c'est la porte d'embarquement
pour le vol de Paris .

[isi se la port dãbarkəmã pur lə vɔl də pari]

這裡是飛往 巴黎 班機的登機門

實用單字套進 [   ] 說說看

Lyon	**Nice**
[liɔ̃] 里昂	[nis] 尼斯

Toulouse	**Strasbourg**
[tuluz] 土魯斯	[strasbur] 史特拉思堡

Marseille	**Bordeaux**
[marsɛj] 馬賽	[bordo] 波爾多

跟著法國人說說看

A La porte d'embarquement du vol EVA 228 pour Paris c'est ici?

[la port dãbarkəmã dy vol eva dəcãvĕtʻit pur pari set isi]

這裡是長榮228班機飛往巴黎的登機門嗎？

B Non, ici c'est la porte d'embarquement pour le vol de Lyon.

[nõ isi cɛ la port dãbarkəmã pur lə vɔl də liõ]

不是，這裡飛往里昂班機的登機門。

A Où est la porte d'embarquement du vol EVA 228 pour Paris?

[u e la port dãbarkəmã dy vol eva dəcãvĕtʻit pur pari]

那長榮228班機飛往巴黎的登機門在哪？

B C'est la porte numéro A5 sur votre droite.

[se la port numero a sɛk syr votr drwat] 在A5登機門，就在您右邊。

關於法國機場

　　法國許多城市都有國際機場，例如：波爾多、里昂、馬賽、尼斯、史特拉斯堡、土魯斯等，從台灣到法國的飛機則多半降落在巴黎戴高樂機場（CDG）。

　　戴高樂機場的命名來自於法國將軍、前總統夏爾·戴高樂（Charles de Gaulle），它與倫敦希斯羅機場與德國法蘭克福機場並稱歐洲三大國際機場。1974年啟用的戴高樂機場，建築物本身多使用鋼筋混凝土，擁有帶了點趣味的科技感的造型，2012到2015年，機場會進行新一階段的老舊設施整修，外觀部分預計以金屬條帶增添科技風，內部則維持明亮優雅。戴高樂機場內還有個有趣的故事，1988年一位伊朗移民因難民證被偷而不得不滯留於戴高樂機場，他在機場內生活到2006年才因身體不適被送出機場就醫，據說電影《航站情緣》的故事概念便是源自於此。

Dans l'avion 飛機上

◉ 05

Je voudrais du jus de fruit s'il vous plaît.

[ʒə vudrɛ dy gy də frɥi sil vy pl ɛ]

我想要一些 果汁 。

實用單字套進 ⬜ 說說看

une couverture [yn cuvɛrtyr] 毯子	**des écouteurs** [de zecutœr] 耳機
un magazine [œ̃ magazin] 雜誌	**un journal** [œ̃ jurnal] 報紙
de l'eau [də lo] 水	**un stylo** [œ̃ stilo] 筆

 跟著法國人說說看

A Qu'est-ce que vous voulez boire?

[kɛskə vu vule bwar] 您想要喝點什麼呢？

B Un verre de jus de fruit, s'il vous plaît.

[œ̃ vɛr də ʒy də frɥi] 請給我一杯果汁。

A Voulez-vous autre chose?

[vu vule ɔtr ʃoz] 您還需要些什麼呢？

B Je voudrais une couverture en plus, s'il vous plaît.

[ʒə vudrɛ yn cuvɛrtyr ɑ̃ plys sil vu plɛ] 我想要多一條毯子。

 旅遊
小幫手

往返法國的航程

　　直飛台法兩端的航程時間約為13小時半，如果還要轉機，行前最好有些準備，目前各國機場大多設有無線網路，有的全天有的限時，有的免費有的須付費，可事前確認。長時間在飛機上，選擇合適的位置也頗為重要，一般班機前段接近機艙出入口處，遇到氣流時的搖晃比較小，但此區餐點供應也比較慢，窗外視線容易被機翼阻擋，而飛機後段的優缺點則剛好相反。如擔心要常上洗手間的旅客最好靠走道坐，想看風景就靠窗。

　　如果耳朵因壓力不舒服，嚼片口香糖或保持口腔活動，可以減少不適。此外，一些飛往法國的航空公司會提供法式飛機餐，讓旅客提早認識法國美食。

L'arrivée 入境審查

○ 06

Je suis ici pour mes vacances .

[ʒə sɥizisi pur me vakɑ̃s]

我是來這裡 度假 的。

實用單字套進 ▢ 說說看

étudier [etydie] 讀書	**venir voir mes amis** [vənir vwar me ami] 找朋友
venir voir ma famille [vənir vwar ma famij] 探親	**travailler** [travaje] 工作
voir un salon commercial [vwar œ̃ salɔ̃ comersial] 參展	**un séminaire** [œ̃ seminɛr] 研討會

跟著法國人說說看

A **Bonjour. Pourquoi vous venez en France?**

[bɔ̃ʒur purkwA vu vəne ã frɑ̃s] 你好，你是為了什麼來法國呢？

B **Je suis ici pour mes vacances.**

[ʒə sɥi isi pur me vakɑ̃s] 我是來這裡度假的。

A **Combien de temps vous allez rester ici?**

[kɔ̃bjɛ̃ də tɑ̃ vu ale reste] 會待多久？

B **Je vais rester pour deux semaines.**

[ʒə vɛ reste pur də səmɛn] 我會待兩個禮拜。

 旅遊
小幫手

簽證問題

　　自2011年1月11日起，凡持有台灣護照前往法國，或法國海外領土觀光、探親或洽商，且時間少於90天，都不需申請簽證。

　　雖然如此，旅客最好事前準備住宿證明、行程表與法文版的台灣申根免簽文件（可從網路下載列印），此外也須英文版旅遊保險證明與財力證明，其保險給付額度最少須3萬歐元，存款則須達1365歐元，如果準備不周被抽檢，最糟狀況是原班機遣返，但也有可能僅是看一下護照就輕鬆過關。

　　其他轉機過境簽證、商務簽證、長期旅遊簽證、長短期學生簽證、未成年長期學生簽證也各有規定，為求保險，出國前都須再次確認免簽或其他簽證條件是否有修改。

🔘 07

C'est du vin pour mes amis.

[se dy vɛ̃ pur me ami]

這是要給我朋友的 酒 。

實用單字套進 ▭ 說說看

un cadeau
[œ̃ kado] 禮物

un cake à l'ananas
[œ̃ kɛk a lananas] 鳳梨酥

du thé
[dy te] 茶

des cosmétiques
[de cosmetik] 化妝品

du parfum
[dy parfɛ̃] 香水

de la peinture
[də la pɛ̃tyr] 畫作

 跟著法國人說說看

A Quelque chose à déclarer?

[kɛlk ʃoz a declare] 有要申報的東西嗎？

B Non.

[nɔ̃] 沒有。

A Ouvrez votre sac pour vérifier, s'il vous plaît. Qu'est-ce que c'est çà?

[uvre vɔtr sak pur verifie sil vu plɛ kɛskə se sa]
請打開您的包包讓我檢查一下。這是什麼？

B C'est du vin pour mes amis.

[se dy vɛ̃ pur me ami] 這是要給我朋友的酒。

 旅遊小幫手　　　　　　　　　　**帶出國與回國的禮品**

　　如果想從台灣帶點禮品到法國，鳳梨酥、太陽餅或台灣茶都是不錯的選擇，又或一些精巧的藝品如原住民手工藝或是中國結也別具特色，不過歐盟明訂，除非經過申報同意，否則不可攜帶奶製品或肉類製品入內，如果沒有申報卻被查到，有可能遭受到丟棄、罰款等處罰。

　　至於從法國回到台灣，可選擇的商品可說是琳瑯滿目。如在都會商區可買咖啡、香水、名牌包等禮品，也可在禮品店或超級市場找到頗具法國風的糖果餅乾。另外法國各地傳統市場售有許多當地農特產如蜂蜜、橄欖油、手工香皂、花草茶等，別具特色。至於在法國境內買的酒，若要免稅放入行李託運，上限為一公升。

Récupérer ses bagages

Je veux trouver le tapis roulant .

[ʒə və truve lə tapi rulɑ̃]

我想找 行李提領處 。

實用單字套進 說說看

la carte de Paris
[la kart də pari] 地圖

l'office de tourisme
[loffis də turizm] 旅遊服務中心

le bureau de change
[lə byro də ʃɑ̃ʒ] 貨幣兌換處

un chariot
[œ̃ ʃarjo] 推車

les bagages perdus
[le bagaʒ pɛrdy] 行李遺失申請處

la correspondance
[la cɔrɛspõdɑ̃ʃ] 轉機

 跟著法國人說說看

A **Je veux trouver le tapis roulant.**

[ʒə və truve lə tapi rulɑ̃] 我想找行李提領處。

B **Tout droit au fond.**

[tu drwa o fɔ̃] 從這裡直走到底就是了。

A **Où je peux échanger de l'argent?**

[u ʒə pə eʃɑ̃ʒe də larʒɑ̃] 我可以去哪裡換錢呢？

B **Vous pouvez aller au "bureau de change" à côté du tapis roulant.**

[vu zale o byro də ʃɑ̃ʒ a cote dy tapi rulɑ̃]
您可以到行李提領處旁的「貨幣兌換處」。

 旅遊 小幫手

如何準備旅費

　　一般短期到法國旅行，可攜帶部分如三分之一旅程天數的現金，行前先在各銀行兌換歐元，再分開放置背包與隨身包等不同處，降低被偷的風險，其他消費可採用旅行支票、ATM提款與信用卡來補足。

　　不同以往，目前在法國兌換旅行支票，多處都需另收手續費，費用約從1.5%起跳，但各家不一，兌換前需再次確認，有些商場可用旅行支票消費，直接找零。若到ATM做海外提領現金，多半會收當地提款手續費約1%，以及國內本銀行跨國手續費約台幣100元。HSBC另推出歐元外幣提款卡，憑此卡在法國的HSBC提款機可免收利息提款，但辦理此卡條件頗高。至於信用卡則是次次刷、次次都需收手續費，雖不是太划算但卻相當方便。

CHAPITRE 3

Traffic 交通篇

1 Prendre le train 搭火車

2 Se tromper de train/place 坐錯車/位置

3 Prendre le métro 搭捷運

4 Prendre le bus 搭公車

5 Prendre le bateau 遊船

6 Louer une voiture 租車

Prendre le train 搭火車

🔘 09

Vous pouvez prendre le RER.

[vu puve prãdr lə ɛr ə ɛr]

您可以搭 RER郊區快線。

 實用單字套進 **說說看**

le TGV [lə te je ve] 高速鐵路	**le métro** [lə metro] 捷運
le bus [lə bys] 公車	**l'avion** [lavjõ] 飛機
le tram [lə tram] 電車	**le taxi** [lə taksi] 計程車

跟著法國人說說看

Ⓐ Est-ce que vous savez comment aller au centre de Paris?

[εskə kə vu save kɔmã ale o cãtrə də pari]
請問您知道怎麼到巴黎市中心嗎？

Ⓑ Vous pouvez prendre le RER.

[vu puve prãdr lə εr ə εr] 您可以搭RER郊區快線。

Ⓐ Où je peux acheter les tickets?

[u ʒə pə aʃəte le tikε] 我可以在哪裡買票呢？

Ⓑ Au guichet juste devant.

[o giʃε ʒyst dəvã] 前面的售票處就可以了。

從機場進入巴黎市區或其他鄉鎮

　　從台灣飛往巴黎的航班多半降落在戴高樂機場（CDG）或南部的奧利機場（Orly），從這些機場進入巴黎市區的方式分別有：郊區快線（RER）、法航巴士（Cars Air France）、華希巴士（Roissybus），有些首車班最早是清晨5點，最晚可到零晨12點，行前需再次確認細節。

　　如果在巴黎下飛機但要搭乘公共運輸來到其他城市，可以選擇搭乘高速鐵路（TGV）前往目的地，這是比較省時省力的做法，但車班較少。另也可先進入巴黎再轉車，但巴黎共有六個主要火車站，各自通往不同方向的城市與國家，須事先做好準備。

Se tromper de train/place

Monsieur, je pense que vous êtes à la mauvaise place .

[møsjø jə pãs kə yu ɛt a la movɛz plas]

先生，我想您 坐錯位置了 。

實用單字套進 □□□ 說說看

êtes dans le mauvais train
[ɛt dã lə movɛ trɛ̃] 坐錯火車了

êtes dans la mauvaise voiture
[ɛt dã la movɛz vwatyr] 坐錯車廂

achetez les mauvais tickets
[aʃəte le movɛ tikɛ] 買錯票

marchez dans la mauvaise direction
[marʃe dã la movɛz dirɛksjɔ̃] 走錯方向

avez passé l'arrêt
[ave pase larɛ] 坐過站

avez raté votre train
[ave rate vɔtr trɛ̃] 錯過您的火車了

跟著法國人說說看

A **Monsieur, je pense que vous êtes à la mauvaise place.**

[møsjø jə pãs kə yu ɛt a la movɛz plas] 先生,我想您坐錯位置了。

B **Vraiment? Ma place c'est le numéro 32, voiture 5.**

[vrɛmã ma plas se lə numero trãt də vwatyr sɛk]
真的嗎?我的座位是5車32號。

A **Oui, mais ici c'est la voiture 6.**

[wi mɛ isi ce la vwatur sis] 是的,可是這裡是6車。

B **Oh pardon, je suis désolé!**

[o pardõʒə sɥi dezole] 喔不好意思,真是抱歉。

旅遊
小幫手

坐錯車怎麼辦?

　　法國人愛罷工時有所聞,有時遇上大眾運輸人員罷工,情況更是混亂。在那樣的狀況下,特別容易坐錯車,以火車人員罷工為例,多半當日的班次混亂,大家不易找到正確車班,月台上因此容易擠滿人潮,然後列車進站時,廣播的聲音又急又快,便容易讓判斷錯誤。

　　如果真的遇到坐錯車的狀況,能緊急處理最好。如果是搭乘巴士、城市間鐵路(Corail)或區域鐵路(TER),這些車班次多且停靠站密集,較好變通,但若搭乘到較少站的高速鐵路(TGV),或國際線如Eurostar、Artesia、Thalys等長途列車,就會比較麻煩,所以上車前的確認可說相當重要。

○11

Vous pouvez descendre à

la station Tuileries .

[vu puve desɑ̃dr a la stasjɔ̃ tɥilri]

您可以在 杜樂麗站 下車。

實用單字套進 說說看

la station Louvre Rivoli [la stasjɔ̃ luvr rivoli] 羅浮宮站	**la station St-Michel Notre-Dame** [la stasjɔ̃ sɛ̃ miʃɛl nɔtr dam] 聖母院站
la station Pont Neuf [la stasjɔ̃ pɔ̃ nœf] 新橋站	**la station Champs Elysées Clémenceau** [la stasjɔ̃ klemɑ̃so] 香舍麗榭站
Gare de Lyon [gar də ljɔ̃] 里昂車站	**la station Champ de Mars (Tour Eiffel)** [la stasjɔ̃ ʃɑ̃ də mars (tur efɛl)] 戰神站（艾菲爾鐵塔）

 跟著法國人說說看

A Où je peux trouver la carte du métro de Paris?

[u ʒə pə truve la kart dy metro də pari] 請問在哪裡可拿巴黎地鐵地圖？

B Ici, tenez.

[isi təne] 這裡就有，給您。

A A quelle station je dois descendre pour le jardin des tuileries, s'il vous plaît?

[a kɛl stasjõ ʒə dwa desɑ̃dr pur lə ʒardẽ de tɥilri]
請問要到杜樂麗花園應該在哪裡下站？

B Vous pouvez descendre à la station Tuileries.

[vu puve desɑ̃dr a la stasjõ tɥilri] 您可以在杜樂麗站下車。

 旅遊 小幫手

關於地鐵與電車

地鐵（Métro）與電車（Tramway）是旅遊法國城市最方便的方式之一，各大城市如巴黎、里昂、波爾多兩者皆有。以巴黎來說，逛景點以地鐵較為方便，巴黎地鐵以顏色和號碼區別不同路線，現正運作的有16條線，旅客可在地鐵站售票口取得免費地鐵圖。目前單張地鐵票為1.70歐元，另有十張券、單日票、週票或月票等選擇。

電車部分，巴黎電車系統運輸範圍以市中心外圍及近郊為主，在其他大城市，則與城內與地鐵搭配運作，至於其他沒有地鐵的中型城市如南特（Nantes）、盧宏（Rouen）也有電車系統，電車多行駛於地面上，且速度慢於地鐵，是瀏覽市區風情的好選擇。

Prendre le bus 搭公車

🔊 12

C'est quel numéro ?

[se kɛl nymero]

是 哪個號碼 呢？

 實用單字套進 ⬜ 說說看

quelle sortie	quelle station
[kɛl sɔrti] 哪個出口	[kɛl stasjɔ̃] 哪個車站

quelle direction	quelle ligne
[kɛl direksjɔ̃] 哪個方向	[kɛl liɲ] 哪個線路

quelle voiture	quelle plate-forme
[kɛl vwatyr] 哪個車廂	[kɛl platfɔrm] 哪個月台

跟著法國人說說看

A **Est-ce que je peux prendre le bus pour Notre-Dame?**

[ɛskə ʒə pə prãdr lə bys pur nɔtrə dam] 請問可以搭巴士到聖母院嗎？

B **Oui, vous pouvez prendre le taxi ou le métro aussi.**

[ɥi vu puve prãdr lə taksi u lə metro osi] 可以，您也可以搭計程車或地鐵。

A **C'est quel numéro de bus?**

[se kɛl nymero də bys] 是哪個號碼的公車呢？

B **C'est le numéro 24.**

[se lə nymero vɛ̃t katr] 24號公車。

旅遊
小幫手

旅行巴黎市區的其他交通方式

　　在巴黎搭公車的缺點是怕遇到塞車及班次間隔較長，但公車也取代搭地鐵無法看風景又無空調的缺點，如果時間充裕，搭公車會是探索巴黎風情的另外一個好選擇。目前搭公車可以使用地鐵票或付現，和台灣一樣，旅客需要招手讓司機停車，下車也要提前按鈕或口頭告知司機，巴黎市區另規劃了夜間公車，但夜間外出仍需注意安全。

　　巴黎另有都市單車租借系統（Velib Bike），騎乘前半小時免費，爾後每半小時1歐元起跳，由於城內共約1800個出租點，所以半小時內到達鄰近的景點並不難。計程車部份費用較昂貴，不如台灣可隨處攔車，需到計程車招呼站，起跳約3歐元，不同時段跳表費用不同。

◎13

Tournez à droite, le guichet est juste au bout de la rue.

[turne a drwat lə giʃɛ ɛt o bu də la ry]

右轉，售票口就在路底。

實用單字套進 □ 說說看

tournez à gauche
[turne a goʃ] 左轉

allez tout droit
[ale tu drwa] 直走

passez le feu
[pase lə fə] 跨過紅綠燈

traversez le carrefour
[travɛrse lə karfur] 跨過十字路口

marchez jusqu'au feu
[marʃe ʒysko fə] 走到紅綠燈

derrière vous
[dɛrjɛr vu] 在您身後

跟著法國人說說看

A Nous n'avons pas beaucoup de temps à Paris. Vous avez des suggestions pour visiter?

[nu navɔ̃ pa bocu də tɑ̃a pari vu ave de sygʒɛstjɔ̃ pur vizite]

我們在巴黎的時間很短，您有什麼觀光的建議嗎？

B Vous pouvez essayer de prendre le bateau sur la Seine.

[vu puve esaje də prɑ̃dr lə bato syr la sɛn] 您可以試試乘塞納河遊船。

A Oh~où je peux prendre le bateau?

[o u ʒə pə prɑ̃dr lə bato] 喔！我可以在哪裡搭船呢？

B Tournez à droite, le guichet est juste au bout de la rue.

[turne a drwat lə giʃɛ ɛ ʒysto bu də la ry] 右轉，售票口就在路底。

旅遊
小幫手

法國遊船

　　知名的塞納河遊船比較像河上觀光，但仍有運輸功能，較知名的船公司是蒼蠅船（Bateaux-Mouches），另有Bateaux Parisiens及Bateaux Les Vedettes du Pont-Neuf兩家船公司。各家定價不同，一日券約14歐元，持國際學生證，或搭配部分民宿或交通卡不定期專案，會有不到10歐元的優惠，船上有多國語言景點介紹，另有船上用餐的票種，票價約50～70歐元。

　　其他城市如古城亞維儂的隆河遊船可賞吊橋，近德國的史特拉斯堡遊船也頗具特色，由於城內河水寬窄與水位高度不一，因此某些地段會設計水閘，遊船行經到水位低的河道時，得停船開閘補水，等待水位高度一致再繼續通行，頗為有趣。

Louer une voiture 租車

○14

Est-ce que vous avez besoin de rendre la voiture ailleurs ?

[εskə vu ave bəzwɛ̃ də rɑ̃dr la vwatur ajœr]

您是否需要 在其他地方還車 ？

 實用單字套進 □ 說說看

d'un siège enfant
[dɛ̃ sjεʒ afɑ̃] 兒童座椅

d'une assurance
[dyn asyrɑ̃s] 保險

d'un GPS
[dɛ̃ ʒe pe εs] GPS

d'une boite manuelle
[dyn bwat manyεl] 自排車

d'une boite automatique
[dyn bwat otomatik] 手排車

d'un contrat en chinois
[dɛ̃ kɔtra ɑ̃ ʃinwa] 中文合約

跟著法國人說說看

A **Bonjour, nous avons réservé une voiture. Voici mon passeport.**

[boʒur nu avɔ̃ rezrve yn vwatur vwasi mɔ̃ paspɔr]

您好，我們預約了一台車。這是我的護照。

B **Merci, donc c'est bien un van pour six personnes?**

[mɛrsi dɔk se bjɛ̃ ɛ̃ van pur si pɛrsɔn] 謝謝，是六人坐的箱型車嗎？

Est que vous avez besoin de rendre la voiture ailleurs?

[ɛskə vu ave bəzwɛ̃ də rãdr la vwatur ajœr]

您是否需要在其他地方還車？

A **Non!**

[nɔ̃] 不用。

B **Très bien, la voiture est prête!**

[tre bjɛ̃ la vwatur e prɛt] 很好，車子已經準備好了。

 旅遊
小幫手

在法國租車自助旅遊

　　相對於搭乘公共運輸，租車是另外一個旅行法國的方式，只是過程較為複雜。多半行前預訂會比現場租車還要便宜，此外有些網站另有中文服務，也可提前下載中文合約確認細節，列印後再帶到取車現場即可。網路預定多半不需付款，至現場過卡及還車後，才會確定責任進行刷卡動作。

　　多半現場會詢問是否需要加購一些如兒童座椅、保險、GPS等服務，另外建議自行準備紙本地圖與指南針，租車前亦需注意油是否已加滿、後車箱是否夠大。上公路時若要超車須從左邊切入。遇到收費站要選擇標著「t」或加上綠色箭頭的窗口，好進行較方便的取票或人工收費。法國另有一最新規定，為境內所有駕車者必須攜帶酒精測定器。

CHAPITRE 4

Hébergement 住宿篇

Trouver un hôtel 找旅店

L'appartement est probablement un bon choix.

[lapartəmã ɛ probabləmã ɛ̃ bɔ̃ ʃwa]

公寓 應該是個不錯的選擇。

實用單字套進 ▢ 說說看

l'auberge de jeunesse
[lobɛrʒ də ʒənɛs] 青年旅宿

la chambre d'hôte
[la ʃɑ̃br dot] 民宿

le chateau hôtel
[lə ʃato otɛl] 城堡飯店

le gîte rural
[le ʒit ryral] 度假小屋

le terrain de camping
[lə terɛ̃ də kɑ̃piŋ] 露營區

hôtel abbaye
[lotɛl abɛi] 修道院旅館

跟著法國人說說看

Ⓐ Nous sommes deux, nous voudrions trouver un hébergement.

[nu sɔm də nu vudriɔ̃ truve ɛ̃ ebɛrʒəmɑ̃]

我們有兩個人，我們想找住宿的地方。

Ⓑ Hum, il y a un hôtel trois étoiles à côté d'ici.

[mm, il ija ɛ̃notɛl trwa zetwal a cote disi] 嗯，這附近有一家三星旅館。

Ⓐ C'est très cher. Nous devons rester un mois. Est-ce qu'il y a d'autres options?

[se trɛ ʃɛr. nu dəvɔ̃ reste œ̃ mwa. ɛskil ja dotrə zɔpsiɔ̃]

那太貴了，我們需要住一個月，還有其他選擇嗎？

Ⓑ L'appartement est probablement un bon choix.

[lapartəmɑ̃ ɛ probabləmɑ̃ ɛ̃ bɔ̃ ʃwa] 公寓應該是個不錯的選擇。

別具法國風情的住宿資源

　　法國住宿資源豐富，除了飯店外，還有許多別具法國風情的住宿選擇。其中常見的包含提供早點的民宿住房，這是認識在地人不錯的方式，因為旅客多半會與主人同住。喜愛美酒的人，則別錯過入住酒莊，許多酒莊入住可免費品酒。

　　此外，歷史悠久的法國也有許多老建物特色飯店，其中常見的如修道院飯店，它們有些位在古蹟城區內，有些鄰近知名教堂，當中許多修道院本身歷史久遠，有些建於文藝復興時期的修道院，還會定期開放給遊客參觀，並提供導覽講解。至於夢幻派的旅人可入住古堡飯店，除了西部羅亞爾河流域外，全法各處仍有許多古堡飯店，地理位置稍微偏遠的，價格也多半較優惠，如果淡季前往，雙人房甚至不到80歐元。

● 16

Il y a une réduction sur
la chambre double maintenant .

[ilja yne redyksiɔ̃ syr la ʃɑ̃br dubl mɛ̃tənɑ̃]

現在 一張大床的雙人房 有折扣。

 實用單字套進 說說看

la chambre individuelle
[la ʃɑ̃br ɛ̃dividyɛl] 單人房

la chambre twin
[la ʃɑ̃br tuin] 兩張單床的雙人房

le dortoir
[lə dɔrtwar] 宿舍房

la chambre triple
[la ʃɑ̃br tripl] 三人房

la suite avec vue
[la suit avek vy] 景觀套房

la chambre familiale
[la ʃɑ̃br familial] 家庭房

la suite présidentielle
[la suit prezidɑ̃siɛl] 總統套房

 跟著法國人說說看

Ⓐ Bonjour, je voudrais une chambre double avec vue. C'est combien pour une nuit?

[bɔʒur, ʒə vudrɛ yn ʃãbr dubl avek vy. se cõbiɛ̃ pur yn nyi]

您好，我想要一間景觀雙人房。請問一晚多少錢？

Ⓑ C'est quatre-vingt dix euros pour une nuit. Il y a une réduction à partir de trois nuits.

[se katr vɛ̃di zəro pur yn nyi. il ja yn redyksiõ a partir də trwa nyi]

一晚90歐元，住滿三晚另有優惠。

Ⓐ Petit déjeuner inclu?

[pəti deʒəne ɛ̃kly] 含早餐嗎？

Ⓑ Les clients des chambres promo doivent payer huit euros en plus pour le petit déjeuner.

[le kliãde ʃãbr promo dwav peje yit əro ãplys pur lə pəti deʒəne]

優惠房型住客早餐需另付8歐元。

 旅遊小幫手

法國住宿價格介紹

　　就常見的住宿資源來介紹，預算不多的年輕旅客一般可住青年旅社，其價格約從20歐元起跳，只是需與4～8人同房，但淡季也有可能一人獨享一房，南法有的青年旅館則由莊園改建，環境清幽，不輸旅館。

　　費用若往上提高，可大約住到法國的二星旅館，雙人房價位約60歐元起跳，僅有簡單的設備，但仍有個人衛浴。至於三星旅館已經有一定水準，價格約莫100歐元起跳，四星以上可稱得上高級旅館，價格則約從150歐元起跳。如果覺得住宿太耗費用，有機會也可以選擇露營，一晚不用電可低於20歐元，如果要在固定區域長住一禮拜以上，也可以選擇短租公寓，城市內平均價格一星期約300～800歐元。

● 17

Est-ce qu'il y a d'autres facilités dans l'hôtel?

[ɛskil ja dotr fasilite dɑ̃ lotɛl]

飯店內有 其他設施 嗎？

實用單字套進 ▢ **說說看**

une salle de gym
[yn sal də ʒim] 健身房

une piscine
[yn pisin] 游泳池

un bar
[ɛ̃ bar] 酒吧

une buanderie
[yn byɑ̃dəri] 洗衣房

une salle de jeux
[yn sal də ʒø] 遊戲房

跟著法國人說說看

A Est-ce que la piscine de l'hôtel est à l'extérieur ou à l'intérieur?

[ɛskə la pisin də lotɛl ɛ a lɛksteri œr u a l ɛ̃teriœr]

請問飯店的泳池是室內還是室外？

B C'est une piscine couverte et chauffée.

[se yn pisin cuvɛrt e ʃofe] 是室內溫水游泳池。

A Est-ce qu'il y a d'autres facilités autour?

[ɛskil ja dotr fasilite otur] 有其他周邊設施嗎？

B Il y a un hamman et un sauna. Pour le spa, vous devez payer un supplément.

[il ja ɛ̃ amam e ɛ̃ sona. pur lə spa vu dəve pɛje ɛ̃ syplemã]

有一間蒸氣室、一間烤箱。Spa的部分則需另外付費。

 旅遊小幫手

迷人的法國度假小屋

　　法國人放假時喜歡過真正「度假」的生活，沒有緊湊行程，不需應付任何人，只要有一間小屋住著，可以每天慵懶的起床、享用美食、散步、發呆，就是一個完美假期，如此一來有個度假小屋，便相對的重要起來。

　　因應這樣的需求，法國許多地方都有別具特色的鄉村度假小屋（Gites Ruraux），旅客可依自己的需求，挑選住在海邊、山上、橄欖園內，或是滑雪聖地裡。這些小屋基本上都規劃有房間、客廳、廚房及衛浴，傢俱也相對齊全，包含廚房裡的鍋碗瓢盆。旅客可藉由網路、各地遊客中心或旅遊文宣找到資訊，入住前須簽合約，要注意合約內是否提出租借床單另需付費等細項，多半規定也含結束度假時將小屋打掃如入住之初，也可另附清潔費請人打掃。

Le room-service 修繕服務

◉ 18

La climatisation dans la chambre ne marche pas.

[la klimatizasiõ dã la ʃãbr nə marʃ pa]

房間內的 冷氣機 不能使用了。

實用單字套進 ⬚ 說說看

le sèche-cheveux
[lə sɛʃ ʃəvø] 吹風機

la bouilloire
[la bujwar] 熱水瓶

le réfrigérateur
[lə refriʒeratœr] 冰箱

la lampe de bureau
[la lãp də byro] 桌燈

le chauffage
[lə ʃofaʒ] 暖氣

la télé
[la tele] 電視

 **跟著法國人說說看**

A La climatisation dans notre chambre ne marche pas.

[la klimatizasiɔ̃ dɑ̃la ʃɑ̃br nə marʃ pa] 我們房間內的冷氣機不能使用了。

B Quel est le problème?

[kɛl ɛ lə problɛm] 是什麼樣的問題呢？

A Quand on l'allume, elle s'éteint toute seule.

[kɑ̃tɔ̃ lalym ɛl setɛ̃ tut sœl] 一打開就會自動關掉。

B Compris. Quel est votre numéro de chambre? Nous envoyons quelqu'un pour vérifier.

[kɔ̃pri kɛl ɛ vɔtr nymero dɛ ʃɑ̃r] [nu ɑ̃vwajɔ̃ kelkœ̃ pyr verifie]

了解，請問您的房號是多少？我們馬上派人過去檢查。

A Chambre trois cent cinq. Merci beaucoup.

[ʃɑ̃br trwa sɑ̃ sɛ̃k mɛrsi boku] 305號房。非常感謝。

 旅遊 小幫手

特色住宿標章

為推廣優質的住宿品質，法國有許多獨立飯店合作共創組織，其組織擁有獨立標章，進入會員或取得標章的店家，皆需經過消費者或專家評鑑，故在軟硬體上皆有良好品質。先前所提到的古堡住宿業者，就有許多屬於法國城堡及飯店集團底下（Châteaux et Hôtels de France），此集團現以擴張到法國境外，共有超過700家的會員。

另有一個小城堡聯合會（La Fédération des Castels），雖說名字上有城堡，但其實會員皆為四到五星級的露營地，而這些露營地除提供搭建帳篷的場地外，許多還可停放或出租露營車，同時規劃有泳池、烤肉等多元設備。還有一個有趣的集團鏡謐驛站（Relais du silence），此集團內的住宿點廣受喜愛鄉村風情及寧靜氣息的旅客好評。

🔵 19

Est ce que vous pouvez nous réveiller demain matin?

[ɛskə vu puve nu reveje dəmɛ̃ matɛ̃]

可以請您明早 叫我們起床 嗎？

實用單字套進 □□□ 說說看

nous apporter le repas dans la chambre
[nu apɔrte lə rəpa dɑ̃ la ʃɑ̃br]
送餐點進房給我們

appeler un taxi
[apəle ɛ̃ taksi] 叫計程車

nettoyer la chambre
[netoje la ʃɑ̃br] 打掃房間

changer les draps
[ʃɑ̃je le dra] 換床單

nous apporter deux bouteilles d'eau
[nu apɔrte də butej do] 拿兩瓶水給我們

跟著法國人說說看

Ⓐ Est-ce que vous pouvez nous réveiller à huit heures demain matin?

[ɛskə vu puve nu reveje a yit œr dəmɛ̃ matɛ̃]

可以請您明早八點叫我們起床嗎？

Ⓑ Est-ce que vous êtes dans la chambre trois cent cinq?

[ɛskə vu ɛt dɑ̃ la ʃɑ̃br trwa sɑ̃ sɛk] 您是住305號房嗎？

Ⓐ Oui. Est-ce que nous pouvons laisser nos sacs a l'hôtel après le check-out?

[wi ɛskə nu puvɔ̃ lɛse no sak a lotɛl aprɛ lə tʃɛk aut]

是的。那退房後我們可以寄放行李在飯店嗎？

Ⓑ Pas de problème. Amenez-les à la réception, s'il vous plaît.

[pa də problɛm aməne le a la resepsiɔ̃ sil vu plɛ]

沒有問題，請您拿到櫃台即可。

旅遊
小幫手

法國綠色旅遊住宿資源

　　在資源大量耗盡的時代，綠色旅遊在近年來隨之受到重視，除了入住一些別有特色的旅館飯店，也可選擇一些特別注重環保的業者。以資源消耗較低的露營來說，旅客可挑選擁有綠鑰匙（La Clef Verte）標誌的業者，這些露營地遵照法則，並展現對營地及週遭環境一定的尊重。

　　民眾也可以選擇到擁有綠色度假地（Station Verte）標誌的小鎮旅行，入住當地的環保民宿，在這些別具自然或鄉村風情的地區中，旅客可享受登山等生態活動。至於都市中也可找到重視環保的飯店，其中一些飯店已取得歐洲生態標籤（écolabel européen），在這些飯店的營用中，使用節能冷暖設備、自然能源發電、天然洗護用品等都是基本要件，有些飯店甚至連早餐也搭配綠色食品，相當健康。

CHAPITRE 5

La cuisine 飲食篇

● 20

J'ai vu qu'il y a des restaurants près d'ici.

[ʒɛ vy kil ja ɛ̃ rɛstorɑ̃ prɛ disi]

我剛看到附近有一些 餐廳 。

 實用單字套進 ▢ 說說看

bistros	**cafés**	**pizzerias**
[bistro] 酒館	[kafe] 咖啡店	[pidzeria] 披薩店

crêperies	**salons de thé**
[crɛpri] 可麗餅專賣店	[salɔ̃ də te] 茶館

brasseries	**kebabs**
[brasri] 啤酒屋	[kebab] 沙威瑪（土耳其烤肉）

跟著法國人說說看

A C'est très fatiguant de prendre l'avion et de chercher un hôtel.
Est-ce que tu veux sortir pour manger quelque chose?

[se trɛ fatigɑ̃ də prɑdr laviɔ̃e də ʃɛrʃe ɛ̃ notɛl. ɛskə ty və sɔrtir mɑ̃ʒe kɛlkə ʃoz] 搭飛機找旅館好累人，要不要去外面吃點東西？

B Bien sûr.

[bi ɛ̃ syr] 當然好！

A J'ai vu qu'il y a un restaurant près d'ici.

[ʒɛ vy kil ja ɛ̃ rɛstorɑ̃ prɛ disi] 我剛看到附近有一間餐廳。

B Allons voir.

[alɔ̃ vwar] 咱們去瞧瞧吧！

 旅遊小幫手

法國餐廳

　　法國菜以其精緻聞名，在世界各地，法國餐廳也多為較頂級的餐廳，知名的松露、蝸牛、鵝肝醬是經典菜色之一，不過不是每家法國餐廳都賣頂級料理。在法國如果想找高級餐廳，可選擇經米其林挑選過的星級餐廳，多半他們會在自家門口的招牌上放上星級數，三星為最高價格，約從200歐元起跳。

　　此外，一些當地小餐館也都有不錯的料理，選擇多以排餐或當地特色料理為主，價格約從15歐元起跳。還有一些店家銷售便利又便宜的餐點如：三明治或沙威瑪（土耳其烤肉），價格約從6歐元起跳，不過這些店內通常沒座位。如果不太餓，一些咖啡館或小酒館也都賣有簡單的甜點或鹹食。

Choisir sa table 找位置

21

Est-ce qu'il y a une table à côté de la fenêtre ?

[ɛskil ja yn tabl a kote də la fənɛtr]

靠窗的 位置還有嗎？

實用單字套進 □ 說說看

à l'extérieur [a leksteriœr] 戶外區	**en terrasse** [ɑ̃ teras] 露台區
à l'intérieur [a l ɛ̃teriœr] 室內區	**en espace fumeur** [ɑ̃espas fym œr] 吸菸區
à l'écart [a lekar] 安靜的	**près de la scène** [prɛ də la sɛn] 舞台區

 跟著法國人說說看

A Bonjour. C'est pour deux personnes?

[bɔʒur. se pur də pɛrsɔn] 您好，兩位嗎？

B Oui.

[wi] 是的。

A Où préférez-vous vous asseoir?

[u prefere vu vu aswar] 想坐哪裡的位置呢？

B Est-ce qu'il y a une table à côté de la fenêtre?

[ɛskil ja yn tabl a cote də la fənɛtr] 靠窗的位置還有嗎？

 旅遊 小幫手

法國用餐習俗與餐桌禮儀

　　法國台灣兩地的人都熱愛美食，但在品嚐美食的方式、禮儀與想法上都不大相同。好比說台灣習慣圓桌吃飯，桌上有菜有湯，每人一碗飯，各自夾自己喜歡的料理。在法國，人們聚餐多用長桌。正統的法國上菜程序也較為複雜，其過程大致為開胃菜、前菜、主餐、起司、甜點，最後再來一杯咖啡或茶作為結尾。

　　緊接著來談餐桌上的禮儀，別被桌上一堆刀叉湯匙給嚇壞了，記住一般使用餐具最基本的原則，就是由外至內。使用刀叉時，請將兩肘靠身體兩側放，避免影響鄰人用餐；想要說話時，將刀叉斜撐在盤子兩側，確定嘴巴裡的食物已下肚再開口。用完餐時，可將刀叉朝上，並排於盤上即可，最後切記，打嗝是禁忌喔！

22

Vous pouvez essayer le plat typique d'ici– le boeuf à la bourguignonne .

[vu puve eseye lə pla tipik disi- lə bœf a la burgiɲɔn]

您可以嘗試本地經典菜色－勃根地紅酒燉牛肉。

 實用單字套進 ⬜ 說說看

le kouglof	**les madeleines**
[lə kuglɔf] 奶油圓蛋糕	[le madəlɛn] 瑪德蓮蛋糕

les crêpes	**la tarte tatin**	**le cidre**
[le krep] 可麗餅	[la tart tatɛ̃] 翻轉蘋果塔	[lə cidr] 蘋果酒

le camembert	**la bouillabaisse**
[lə camɑ̃bɛr] 卡蒙貝爾軟乳酪	[la bujabɛz] 馬賽魚湯

跟著法國人說說看

A **Monsieur, qu'est-ce que vous prendrez?**

[məsiə kɛskə vu prɑ̃dre] 先生，您要點什麼呢？

B **Nous ne connaissons pas bien la France. Qu'est-ce que vous nous recommandez?**

[nu nə conɛsɔ̃ pa biɛ̃ la frɑ̃s. kɛskə vu nu rəkomɑ̃de]
我們對法國不熟，您有什麼可以推薦給我們呢？

A **Vous pouvez essayer le plat typique d'ici-le boeuf à la bourguignonne.**

[vu puve eseye lə pla tipik disi-lə bœf a la burginɔn]
您可以嘗試本地經典菜色－勃根地紅酒燉牛肉。

B **Ca parait délicieux.**

[sa parɛ delisiə] 好像很好吃。

法國各地特色菜

　　法國由於領地範圍廣大，每個地區的傳統料理也別有特色。例如勃根地紅酒燉牛肉（le boeuf à la bourguignonne），就是盛產葡萄酒的勃根地地區之名菜。而位於東北的阿爾薩斯地區，飲食就會較偏向鄰近的德國，例如知名的酸菜醃肉香腸鍋（la choucroute garnie）。

　　來到法國西北部，此區盛產乳製品，知名法國代表起司卡蒙貝爾（camembert）的原產地就在此，另外此地不產葡萄卻盛產蘋果，因而創造知名的蘋果酒（cidre）與翻轉蘋果塔（tarte tatin）。沿著海岸線在往下來到布列塔尼，此區特色料理代表之一為可麗餅（crêpe），口味鬆軟，與台灣硬式可麗餅相當不同。來到靠地中海的馬賽，則以馬賽魚湯（bouillabaisse）最知名。

Le plat du jour 今日特餐

●23

Je prends le steak, à point .

[ʒə prã lə stɛk a puɛ̃]

我要 半熟 的牛排。

實用單字套進 _____ **說說看**

bleu [blə] 生的	**saignant** [seɲã] 帶血的
bien cuit [biɛ̃ kyi] 全熟的	**avec des frites** [avɛk de frit] 附薯條
avec des haricots [avɛk de arico] 附青豆	

跟著法國人說說看

A **Bonjour ! Qu'est-ce que vous avez au plat du jour?**

[bɔʒur kɛskə vu ave o pla dy jur] 午安！請問你們的今日特餐是什麼？

B **Nous avons le steak frites.**

[nu avõ lə stɛk frit] 我們有牛排餐配薯條。

A **Très bien, je prend un steak à point s'il vous plaît.**

[trɛ biɛ̃ ʒə prɑ̃ lə stɛk a pu ɛ̃ sil vu plɛ] 太好了，請給我半熟的牛排。

B **Très bien, on vous prépare çà de suite.**

[trɛ biɛ̃ õvu prepar sa tu də syit] 好的，我們馬上幫您準備。

巴黎特色主題餐廳

　　在巴黎，有一家利用舊火車站打造的精緻餐廳－La Gare，此餐廳室內用餐環為過去的車站大廳，內有華美的挑高天花板與精緻擺設，戶外空間共有250個座位，部分空間由過去月台改造，別有趣味。如果喜歡火車，也可來到另一間由1930年代東方快車車廂打造而成的頂級餐廳－Wagon bleu，坐在華麗又不失典雅氣息的懷舊空間中用餐，頗有思古之幽情。

　　如果想來點更特別的，別錯過極度黑暗的Dans le noir。餐廳名由法文翻譯為「在黑暗中」，也因此於伸手不見五指的空間中用餐，便是餐廳主打特色。Dans le noir服務人員多為視障者，餐廳希望客人拋開先入為主的視覺觀念享受美食，用餐後餐廳會公布餐點內容，讓客人揭曉黑暗中的美味內容。

Le restaurant végétarien

🔘 24

Je ne peux pas manger de viande .

[ʒə nə pə pa mãʒe də viãd]

我不能吃 肉 。

 實用單字套進 [　　　] 說說看

mouton	**boeuf**
[mutɔ̃] 羊肉	[bœf] 牛肉
poulet	**porc**
[pulɛ] 雞肉	[pɔr] 豬肉
saucisse	**fruits de mer**
[sosis] 香腸	[frɥi də mɛr] 海鮮

跟著法國人說說看

A **Ce fast food me semble bon.**

[sə fast fud mə sãbl bɔ̃] 這家速食餐廳看起來不錯。

B **Est ce qu'on peut aller ailleurs?**

[ɛskɔ̃ pə ale aji œr] 我們可以去其它地方嗎？

A **Pourquoi?**

[purkwa] 為什麼？

B **Je ne peux pas manger de viande. Je suis végétarien.**

[ʒə nə pə pa m aʒe də viãd ʒə syi veʒetariɛ̃]
我不能吃肉，我是素食主義者。

旅遊
小幫手

素食餐廳vs速食餐廳

　　法國的素食餐廳並不如在台灣所見的普及，但一般餐廳還是可以找到幾道蔬食餐點如沙拉，此外另有一些素食餐廳順應潮流，標榜有機，但多半價格不斐。如果想要吃點東方口味的素食餐廳，可以來到巴黎十三區的唐人街，這裡有些餐廳使用台灣產的全素食材，另外VG-Zone.net網站也可以查到一些素食餐廳。

　　至於速食餐廳在法國也算常見，其中Quick原自鄰國比利時，是比較偏向歐式的連鎖速食店，大多城市皆有開店，其銷售內容與麥當勞類似，但部份商品較為精緻。至於麥當勞仍是法國速食市場主流，但比起其他國家，法國的麥當勞相當在地化，許多店家甚至會賣羊乳乾酪三明治、馬卡龍與棍子麵包做的三明治呢！

Vin et boisson 美酒飲品

● 25

Voulez-vous boire du vin rouge ?

[vule vu bwr dy vɛ̃ ruʒ]

您要喝點 紅酒 嗎?

 實用單字套進 ⬚ 說說看

de l'eau gazeuse [də lo gazəz] 氣泡水	**du vin blanc** [dy vɛ̃ blɑ̃] 白酒
du vin rosé [dy vɛ̃ roze] 粉紅酒	**du Champagne** [dy ʃɑ̃paɲ] 香檳
du jus de pomme [dy ʒy də pɔm] 蘋果汁	**de la limonade** [də la limɔnad] 檸檬氣泡水

跟著法國人說說看

A **Voulez vous boire quelque chose?**

[vule vu bwr kɛlkə ʃoz] 請問想要喝點什麼嗎？

B **Un verre de vin rouge, s'il vous plaît.**

[ɛ̃ vɛr dy vɛ̃ ruʒ, sil vu plɛ] 請給我一杯紅酒.

A **Voulez-vous une boisson sans alcool?**

[vule vu yn bwas ɔ̃sɑ̃ alkol] 有需要其他無酒精飲料嗎？

B **Oui, une bouteille d'eau gazeuse.**

[wi, yn butɛj do gazəz] 好，再來一瓶氣泡水。

法國葡萄美酒

　　法國是全球知名的葡萄酒聖地，美酒文化與法國人的日常生活不僅息息相關，甚至是日日相關，不用到晚餐，許多人從午間就會搭配各種酒類用餐。一般來說，若享用紅肉如牛肉，人們多半會搭配紅酒，而白酒則搭配雞肉或海鮮為主，至於粉紅酒則多半輔佐口味清新的地中海或各式香草料理。

　　另外在法國餐廳若要點酒，除了以一瓶或一杯為單位外，以壺（un picher）來點也相當普遍，旅客可針對自己的需求，選擇一壺、半壺、四分之一壺或四分之三壺。葡萄酒產區也是法國旅遊聖地，其中以盛產淡雅紅酒和清爽白酒，並擁有知名「葡萄酒之路」的勃根地，以及盛產濃郁紅酒的波爾多，和以出產香檳為名的香檳區最為知名。

Le goût 餐點滋味

🔊 26

Je pense que c'est trop sucré.

[ʒə pãs kə se tro sykre]

我覺得太 甜 。

實用單字套進 ⬜ 說說看

aigre [ɛgr] 酸	**amer** [amɛr] 苦
épicé [epise] 辣	**salé** [sale] 鹹

léger
[leʒe] 淡

跟著法國人說說看

A **Est-ce que tu aimes le dessert?**

[ɛskə ty ɛm lə desɛr] 你喜歡這道甜點嗎？

B **Je pense que c'est trop sucré.**

[ʒə pɑ̃s kə se tro sykre] 我覺得太甜。

A **La plupart des desserts français sont trop sucrés pour les taiwanais.**

[la plypar de deser frɑ̃sɛ sɔ̃ tro sykre pur le tajwanɛ]

大部分法國甜食對台灣人來說都較甜。

B **Je peux m'habituer.**

[ʒə pə mabitye] 我可以習慣的。

旅遊小幫手

法國甜點簡介

在台灣最知名的法國甜點非馬卡龍（macaron）莫屬，這種用蛋白、杏仁粉、白砂糖和糖霜所做的法式甜點，因色彩繽紛樣貌迷人，成為許多人到訪巴黎必購的伴手禮。造型可愛的還有像響鈴的奶油圓蛋糕（kouglof），以及像貝殼的瑪德蓮蛋糕（madeleine），這兩種甜點都是法國東北地區的特色美食。

嗜甜的法國人也喜歡做塔（tarte tatin），例如蘋果塔、香蕉塔、梨子塔都算常見，此外他們也有一款經典的巧克力蛋糕，以不添加任何麵粉為最大特色。在法國，甜點也會在不同的場合出現，例如在主顯節（一月第一個星期天），法國人會吃一種以派皮包覆杏仁餡的國王餅（galette des rois），誰只要吃到包在餅裡的豆子或小陶人，就是當天的國王囉！

Les snacks 街頭小吃

● 27

Peut-être qu'on peut acheter des casse-croûtes .

[pə ɛtr kɔ̃ pə aʃəte de kaskrut]

實用單字套進 □ 說說看

kebabs [kebab] 沙威馬	**sandwichs** [sɑ̃dwitʃ] 三明治
hotdogs [ɔt dɔg] 熱狗	**pizzas** [pidza] 披薩
crêpes [krɛp] 可麗餅	**gauffres** [gofr] 鬆餅

跟著法國人說說看

A **C'est l'heure de déjeuner, as-tu faim?**

[se l œr də deʒəne a ty fɛ̃] 午餐時間到了，你會餓嗎？

B **Je n'ai pas très faim.**

[ʒə nɛ pa trɛ fɛ̃] 我不太餓。

A **Peut-être qu'on peut acheter des casse-croûtes, c'est moins cher et délicieux.**

[pə ɛtr kɔ̃ pə aʃəte de kaskrut, se muɛ̃ ʃɛr e se delisiə]
或許可以買些小吃，價格便宜又美味。

B **C'est une bonne idée.**

[se yn bɔn ide] 真是個好建議！

法國街頭美食介紹

　　若真要相比，法國街頭小吃的種類雖不如台灣的多花樣，但美味不減，且價格也比上餐館少了許多。一般來說，三明治是最常見的街頭美食，內容多半是一個或半個法國麵包夾上生菜、起司或火腿等餡料，吃起來相當飽足，可抵上一餐，而這樣賣三明治的商家，有時也會賣切片披薩或熱狗。沙威瑪也是法國常見的小吃，比起台灣沙威瑪使用的軟麵包，這裡的沙威瑪使用紮實的土耳其麵包，包上羊肉及美乃滋或其他口味醬料，口感一流。

　　在法國也常看到賣冰淇淋與鬆餅的小攤，另外如果有機會到遊樂園或嘉年華會，還會看到一些名字別有特色的甜點小攤如：爸爸的鬍子（Barbe-à-papa；意即棉花糖），還有戀愛蘋果（Pomme d'amour；意即糖葫蘆），讓人不愛也難。

Donnez-moi une fourchette, s'il vous plait.

[done mwa yn furʃɛt sil vu plɛ]

請遞 一把叉子 給我，謝謝。

 實用單字套進 ⬜ 說說看

un couteau [ɛ̃ kuto] 一把刀子	**une casserole** [yn kasrɔl] 一個鍋子

une cuillère [yn kyijɛr] 一根湯匙	**un bol** [ɛ̃ bɔl] 一個碗	**une assiette** [yn asiɛt] 一個盤子

des baguettes [de bagɛt] 一雙筷子	**une spatule** [yn spatyl] 一把鏟子

友人家用晚餐

跟著法國人說說看

A Merci beaucoup pour votre invitation à diner.

[mɛrsi bocu pur vɔtr ɛ̃vitasi ɔ̃a dine] 謝謝你們邀請我來用晚餐。

B Avec plaisir.

[avɛk plɛzir] 這是我們的榮幸。

A C'est la première fois que je mange chez une famille française.

[se la prəmiɛr fwa kə ʒə mãg ʃe yn famij frãsɛz]

這是我第一次在法國朋友家中吃飯.

B Est-ce que tu sais comment manger avec un couteau et une fourchette?

[ɛskə ty sɛ comã mage avɛk ɛ̃kuto e yn furʃɛt]

你知道如何使用刀叉用餐嗎？

A Pas sûr.

[pa syr] 不確定。

旅遊
小幫手

到法國家庭用餐時

　　如果受邀到法國人家裡用餐，恭喜你，這不僅代表他們把你當成朋友了，這一餐，也會讓你有機會更深入的了解法國人的在地文化喲。通常有機會到法國人家裡吃飯，最好帶個小禮，美酒、鮮花或是巧克力都是不錯的選擇。另外，一般到法國人家中作客時，不需特別早到，有些人甚至習慣客人晚到個十分二十分，但是真正抵達後，接下來多半會是一連串的話題。

　　通常主人會與客人在餐廳喝酒配開胃菜，這個過程大約會花上半小時到一小時，爾後來到餐桌，則會進行約莫兩到三小時的用餐時間。記得入座前最好與主人確認入座的位置，另外用餐中會有舉杯敬酒的時刻，法國人喜歡互碰酒杯，倒酒則以男士服務女士為主，最後，記得要留點胃給甜點喲！

Cuisiner 自行料理

Il y a du lait qui va expirer.

[il ja dy lɛ ki va ekspire]

有些牛奶 快要過期了。

 實用單字套進 ⬜ 說說看

du fromage [dy fromaʒ] 起司	**du pain** [dy pɛ̃] 麵包
de la confiture [də la cɔfityr] 果醬	**du yaourt** [dy jaurt] 優格
du poisson [dy pwasɔ̃] 魚	**de la viande** [də la viãd] 肉

跟著法國人說說看

A Est ce que nous allons manger dehors?

[ɛskə nu alɔ̃ mɑ̃ʒe də ɔr] 我們今天去外面吃嗎？

B Je ne pense pas. Il y a du lait qui va expirer dans le réfrigérateur.

[ʒə nə pɑ̃s pa. il ja dy lɛ ki va ekspire dɑ̃ lə refriʒeratœr]

我想不了，冰箱裡有些牛奶快要過期了。

A Quoi faire?

[kwa fɛr] 怎麼辦？

B Manger à la maison. Nous pouvons faire beaucoup de crêpes.

[mɑ̃ʒe a la mɛzɔ̃. nu puv ɔ̃ fɛr boku də krɛp]

在家吃吧，我們可以做很多可麗餅。

旅遊
小幫手

法國人的三餐

　　法國人雖注重美食，但也不是餐餐豪華，大魚大肉的吃，此外法國人並不常上餐館，在家料理的機會相當多。一般法國早餐不複雜，咖啡、茶或果汁搭配棍子麵包或可頌最為常見，也因此法文早餐（petit déjeuner）直接翻譯為小午餐，一點也不為過。

　　而一般上班族平日的午餐也頗為簡單，一個三明治、幾片起司或一份沙威馬，就可帶過。不過若到了週末的午餐，菜色就會相較豐富了起來，許多人甚至從中午就開始品酒，徹底展現他們喜愛美酒的天性。至於晚餐，則可能成為法國人最重視的一餐，不論在菜色、酒類或用餐時間上，都相對的豐富多量，尤其到了週末，晚餐常成為親友間的聚會時刻，一頓飯下來，也有可能到午夜才結束呢！

CHAPITRE 6

Rencontres 交友篇

◉ 30

Je ne suis pas étudiant.

[ʒə nə sɥi pa etydiɑ̃]

我不是學生。

實用單字套進 □ 說說看

professeur [profesœr] 老師	**vendeur** [vɑ̃dœr] 銷售員
retraité [rətrɛte] 退休人士	**chinois** [ʃinwa] 中國人
japonais [ʒaponɛ] 日本人	**coréen** [koreɛ̃] 韓國人

跟著法國人說說看

Ⓐ Enchantée.

[ãʃãte] 初次見面，您好。

Ⓑ Enchanté.

[ãʃãte] 初次見面，您好。

Ⓐ Je suis Marjorie, quel est ton nom? Es-tu étudiant?

[ʒə sɥi marʒori kɛl e tɔ̃ nɔ̃e ty etydiã]

我是瑪蕎麗，你叫什麼名字？你是學生嗎？

Ⓑ Je m'appelle Anthony. Je ne suis pas étudiant, je suis professeur.

[ʒə mapɛl ãtoni ʒə nə sɥi pa zetydiã ʒə sɥi profesœr]

我叫安東尼，我不是學生，我是老師。

旅遊
小幫手

法國人打招呼

　　親吻臉頰是法國人常見的打招呼方式，但這其中還是有不少細節。好比雖說是親吻臉頰，但大部分只是臉頰貼臉頰，嘴裡發出了啵啵的親吻聲罷了。倒是親吻次數比較有難度，基本上臉頰親吻禮以兩次為基本數，但若是遇上相當熱情，或是許久不見，且感情特好的親人或好朋友，則有可能親上個三四下，其次序以左右左右或右左右左為主，若不小心，則有可能撞上人家的額頭喔！

　　但是誰該親誰不該親，有時挺抽象，基本上師生和上司下屬及陌生人不需親吻臉頰，口語打招呼即可。但是家人朋友和稍微認識的人，多半都可來個臉頰親親招呼禮，如果不確定，就看對方有沒有湊上臉來作為判斷。至於生意上的會面，以握手為主即可。

● 31

Je voyage avec mes parents .

[ʒə vwajaʒ avɛk me parã]

我和我的父母一起來玩。

實用單字套進 　　　 說說看

amis	**collègues**
[ami] 朋友	[kolɛg] 同事
frères	**soeurs**
[frɛr] 兄弟	[sœr] 姊妹
cousins	**cousines**
[kuzɛ̃] 表兄弟	[kuzin] 表姊妹

 跟著法國人說說看

A Bonjour, vous êtes ici en voyage?

[bɔʒur vu zɛt zisi ɑ̃ vwajaʒ] 您好，您來這裡旅行嗎？

B Oui.

[wi] 是的。

A D'où venez-vous?

[du vəne vu] 您從哪裡來呢？

B Je viens de Taiwan. Je voyage avec mes parents.

[ʒə vjɛ̃ də taiuan ʒə vwajaʒ avɛk me parɑ̃]
我從台灣來，我和我的父母一起來玩。

 旅遊小幫手

台法文化差異

　　台法兩地有不少文化差異，只要深入生活即可看出。從吃早飯來說，台灣早餐豐盛，法國早餐卻總是麵包咖啡等基本款，然而同樣喜愛美食的他們，講究起來也是很嚇人的。法國人喜歡聊天，如果你有機會或能力與法國人聊天，開頭有可能是天氣，但結尾卻已經講到兩地納稅政策了，若與親友晚餐聚會，甚至可聊到凌晨三四點，但基本上，法國人不特別喜歡談薪水等金錢事務。

　　他們對於骯髒的定義不太一樣，鞋子不需細分內外，早上洗澡精神好，棍子麵包不需包裝，也可直接夾在腳踏車後座。但法國人最讓人稱讚是對美的追求，以及對舊物與自然的尊重，如此古蹟與大自然保存良好，也讓法國成為世界最美的國家之一。

◉ 32

Je pense qu'elle est mariée .

[ʒə pãs kɛl e marie]

我想她已 結婚 。

實用單字套進 □ 說說看

fiancée
[fiãse] 訂婚

divorcée
[divɔrse] 離婚

séparée
[separe] 分居

veuve
[vœf] 守寡

célibataire
[selibatɛr] 單身

 **跟著法國人說說看**

Ⓐ Cette fille à la table d'à côté est charmante.

[sɛt fij a la tabl da kote ɛ ʃarmɑ̃t] 隔壁桌的女生真迷人。

Ⓑ Je suis d'accord avec toi.

[ʒə sɥi dakɔr avek twa] 我同意你說的。

Ⓐ J'aimerais l'inviter à sortir.

[ʒɛmərɛ lɛ̃vite a sortir] 我想約她出去。

Ⓑ Je pense qu'elle est mariée.

[ʒə pɑ̃s kɛl e marie] 我想她已結婚。

旅遊
小幫手

如何應對在地人的搭訕

　　法國人相較東方人是開放的，但也不表示他們隨便，實際上真正會搭訕的人，恐怕都是「習慣性的累犯」，有些男子甚至會事先準備好抄有電話號碼的紙條，然後在路上隨機撒網，等著小笨蛋上勾。

　　當然搭訕方式還有許多，簡單的可能是假裝認錯人、邀請一起用餐等，比較戲劇化的，則可能會編出各類謊言如：我想和妳一同討論中華文化、妳長的像我前女友、尋找試鏡演員等。最糟糕的則是強迫性的如：毛手毛腳、堅持法式臉頰親吻告別，甚至要嘴對嘴親吻告別，或直接要求晚上開房間。注意，若遇到類似狀況或任何讓人不舒服的要求，斬釘截鐵地說不，扭扭捏捏容易讓人誤解成同意。當然也不是說會搭訕的全是壞人，只是要小心判斷就是了。

Je ne suis pas intéressée .

[ʒə nə sɥi pa ɛ̃terese]

我沒有 興趣 。

實用單字套進 ▢ 說說看

en colère [ɑ̃ colɛr] 生氣	**content** [kɔ̃fɑ̃] 開心
occupé [okype] 忙碌	**triste** [trist] 難過

fatigué
[fatige] 疲倦

 跟著法國人說說看

A Tu es ravissante.

[ty ɛ ravisɑ̃t] 妳看起來真迷人。

B Merci pour ton compliment.

[mɛrsi pur tɔ̃ cɔ̃plimɑ̃] 謝謝你的誇獎。

A Est-ce que tu veux sortir avec moi?

[ɛskə ty və sɔrtir avɛk mwa] 妳想要跟我在一起嗎？

B Je suis désolée, je ne suis pas intéressée.

[ʒə sɥi dezole ʒə nə sɥi pa ɛ̃terese] 很抱歉，我沒有興趣。

 旅遊
小幫手

法國人如何表達自己

比起亞洲人的含蓄，法國人在溝通上，表達較直接，肢體動作也較多，眼唇、肩膀和雙手時常派上用場，常見的如用OK手勢表示認同，撐大拇指讚美別人。另外，想強烈贊同某人或某事，或表示食物相當好吃，則會用嘴啾吻一下指尖；想表達「差不多就這樣吧！」時，則會頭歪一邊，伸出手掌左右搖一搖；不相信某人的話時，他們會右手拉下右眼瞼，如漫畫一般；被人弄煩或生氣了，則會噘嘴呼氣。

法式肢體語言最經典的為法式聳肩，搭配兩手攤開向上及噘嘴表情，表述自己不知情或不關我事。由於法國人擅表達意見，也常為自己的想法爭論，這在隨和的我們眼裡有種高傲固執的感覺，但也因如此，他們相當尊重別人的自由與私生活。

89

CHAPITRE 7

Tourisme 觀光篇

🔵 34

La France est vraiment magnifique .

[la frãs ɛ vrɛmã maɲifik]

法國真是太 精采 了。

實用單字套進 說說看

intéressante	romantique
[ɛ̃teresãt] 有趣	[romãtik] 浪漫

superbe	étonnante
[sypɛrb] 美麗	[etonãt] 驚奇

ennuyeuse
[ãnɥijəz] 無聊

跟著法國人說說看

A Que penses-tu de ton voyage en France pour l'instant?

[kə pãs ty də tɔ̃ vwajaʒ ã frãs pur lɛ̃stã]

目前為止，你對你的法國行有何想法？

B La France est vraiment magnifique. Je reviendrai.

[la frãs ɛ vrɛmã maɲifik ʒə rəvjɛ̃drɛ] 法國真是太精采了，我會再回來。

A La France est très grande, il y a plein de choses à voir.

[la frãs ɛ trɛ il ja plɛ̃ də ʃos a vwar] 法國太大了，有非常多東西可以看。

B Oui, on ne peut pas tout voir en une seule fois.

[wi ɔ̃ nə pə pa tu vwar ã yn sœl fwa] 對啊，我們沒辦法一次看完。

旅遊
小幫手

如何安排自己的法國行程

　　如果初次到法國，巴黎是少不了的重點城市，旅客可依停留時間，購買地鐵一日票、週票或回數票，到處玩耍購物，參觀知名景點與眾多博物館。巴黎之外，還有更多精采去處，如果喜愛藝文歷史，法國共有超過六千座博物和美術館，以及四萬個歷史遺跡，以及因宗教文化延伸出的教堂、修道院等建物，等待旅客挖掘。

　　倘若喜愛大自然，法國綿延5500公里的海岸與邊界處的美麗山岳，設有許多度假區，建議租台車子，入住在地小屋，以慢步調深入當地生活。至於美食美酒愛好者，在法國除了可上餐廳，也可入住酒堡或葡萄園民宿，體驗鄉間生活與美酒人生。只能說，法國很難一次玩完。

35

Je vous suggère de visiter le musée du Louvre.

[ʒə vu sygʒɛr də vizite lə myze dy luvr]

我建議您參觀 羅浮宮。

 實用單字套進 ▢ 說說看

Musée d'Orsay
[myze dɔrsɛ] 奧塞美術館

Centre Pompidou
[sɑ̃tr pɔ̃pidu] 龐畢度中心

Musée Picasso
[myze pikaso] 畢卡索美術館

Jardin de Monet
[ʒardɛ̃ də monɛ] 莫內花園

Musée Rodin
[myze rodɛ̃] 羅丹美術館

跟著法國人說說看

A Je voudrais voir des oeuvres d'arts célèbres.

[ʒə vudrɛ vwar de œvr dar selɛbr] 我想要看那一些知名的藝術作品。

B Dans ce cas je vous suggère de visiter le musée du Louvre.

[dɑ̃ sə ka ʒə vu sygʒɛr də vizite lə myze dy luvr]
這樣的話，我建議你參觀羅浮宮。

A Avez-vous une carte?

[ave vu yn kart] 您有地圖嗎？

B Oui, bien sûr, voilà.

[wui bjɛ̃ syr vwala] 當然，在這裡。

 旅遊
小幫手

藝文之旅

如果你是藝文愛好者，在巴黎又會待上一點時間，且每天不只逛上兩個博物館或美術館，那麼你可以考慮購買博物館周遊券（Paris Museum Pass），並以免費或較低價格參觀奧塞美術館、龐畢度中心等巴黎境內六十多間特約博物館。如果想更省錢，巴黎某些博物館在每個月第一個星期天是免費入館日，只是恐怕得排隊排上一陣子。

但建議喜愛藝術的人，有機會也要到巴黎之外走走，目前全法的博物館和美術館共有六千多座，幾乎每個城市都有自己的博物館，即便是小村莊也可找到特色展覽館。此外，法國也有高達一千多種節慶活動，建議別錯過南法亞維儂藝術季，每年夏季為期一個月的活動，共推出數百場的國際性演出，精采絕倫。

Monuments 知名建物

◎ 36

Quand la Tour Eiffel a été construite?

[kɑ̃ la də la tur efɛl a ete kɔ̃struit]

艾菲爾鐵塔 是何時建造的呢？

 實用單字套進 ___ 說說看

L'Arc de Triomphe
[lark də triɔ̃f] 凱旋門

Le Château de Versailles
[lə ʃato də vɛrsaj] 凡爾賽宮

La Cathédrale Notre-Dame de Paris
[la katedral nɔtr dam də pari] 巴黎聖母院

L'Opéra de Paris
[lopera də pari] 巴黎歌劇院

Le Panthéon
[lə pɑ̃teɔ̃] 萬神殿

跟著法國人說說看

A Est-ce que vous savez pourquoi ils ont construit la Tour Eiffel?

[ɛskə vu save purkwa il zɔ̃ cɔ̃strʮi la tur efɛl]
你知道為什麼人們要建造艾菲爾鐵塔呢？

B Non mais je sais qu'elle est célèbre.

[nɔ̃ mɛ ʒə sɛ kel ɛ selɛbr] 不知道，但我曉得它很有名。

A Quand la Tour Eiffel a été construite?

[kɑ̃ la tur efɛl a ete kɔ̃struit] 那艾菲爾鐵塔是何時建造的呢？

B Je ne sais pas mais je sais qu'elle est très ancienne.

[ʒə nə sɛ pa mɛ ʒə sɛ kel ɛ trɛ ɑ̃sjɛn] 我不知道，但我曉得它歷史悠久。

旅遊
小幫手

知名建物介紹

讓巴黎美麗的秘密之一，就是當地豐富的歷史建築。到訪時別錯過以下知名的歷史建物。

最為經典的如建於1836年，且裝飾有許多巨幅浮雕作品的凱旋門；有著美麗花園搭配華麗典雅的宮殿，本身就是一件偉大藝術品的羅浮宮；為迎接在巴黎舉辦的世界博覽會而設計，外型優雅，上方也可提供遊人眺望巴黎市區美景的艾菲爾鐵塔。

還有與宗教相關的，例如屬經典哥德式建築，歷經近百年才建設完成的巴黎聖母院，以及建於巴黎最高點的聖心院，此區也是巴黎最有藝術特色的地方。想看點華麗的，就到凡爾賽宮走走吧，氣勢磅礴的宮殿裡頭，有近五百多間金碧輝煌的廳堂華房，可說是奢華之最。

🔘 37

Je préfère les falaises d'Etretat .

[ʒə prefere le falɛz detrəta]

我比較喜歡 艾特大峭壁 。

實用單字套進 ⬚ 說說看

Les Alpes
[le zalp] 阿爾卑斯山

La vallée de La Loire
[la vale də la lwar] 羅亞爾河河谷

Le parc national du Mercantour
[lə park nasional dy mɛrkãtur] 梅爾康杜國家公園

La dune du Pilat
[la dyn dy pila] 庇拉沙丘

 跟著法國人說說看

A **Quel est le paysage francais que vous préférez?**

[kɛl ɛ lə peizaʒ frãsɛ kə vu prefere] 你比較喜歡法國哪裡的自然景觀？

B **Je préfère les falaises d'Etretat.**

[ʒə prefere le falɛz detrəta] 我比較喜歡艾特大峭壁。

A **Pourquoi?**

[purkwa] 為什麼？

B **Parce que la falaise ressemble à un élephant.**

[parsə kə la falɛz rəsãbl a ɛ̃ elefã] 因為那峭壁就像隻大象呢！

 旅遊
小幫手

法國自然景觀

　　大體上來說，法國地勢較低，約三分之二的地區都不達海拔三百公尺，但陸地國境邊界倒是有不少高山如阿爾卑斯山脈、庇里牛斯山脈等。其中阿爾卑斯山脈的最高峰－白朗峰，是最知名的自然景觀旅遊區之一，在這裡，旅客可藉由搭乘纜車等方式，欣賞浩瀚雪山風情。

　　此外，法國境內約有四分之一的土地為森林，這些森林多半保留自然氣息，並擁有豐富的動植物資源，其中楓丹白露森林算是最知名的景點之一，這裡也曾是皇家狩獵場。法國靠海，且擁有眾多河流，許多愛水的人會順著西法邊界玩到南法，欣賞浩瀚的大西洋或是熱情的地中海，也有人偏好河景，若此別錯過法國最長的羅亞爾河，部分河谷邊臨立許多法國古堡，別有一番風情。

Les sorties 夜生活

🔵 38

Peut-être qu'on peut aller au bistro .

[pətεtr kɔ̃ pə ale o bistro]

或許我們可以去 酒館 。

 實用單字套進 ⬜ 說說看

danser en discothèque
[dãse ã diskotεk] 夜店跳舞

voir un film
[vwar ε̃ film] 看電影

au cabaret
[o kabarε] 歌舞廳

à un concert
[a ε̃ kɔ̃sεr] 演唱會

à la patinoire
[a la patinwar] 溜冰場

跟著法國人說說看

A Qu'est-ce que tu veux faire ce soir?

[kɛskə ty və fɛr se swar] 你今晚想做什麼？

B Peut-être qu'on peut aller au bistro?

[pətɛtr kɔ̃ pə ale o bistro] 或許我們可以去酒館？

A Qu'est qu'on peut faire là-bas?

[kɛskɔ̃ pə fɛr laba] 我們到那可以做什麼呢？

B Boire un coup et discuter.

[bwar ɛ̃ ku e discyte] 聊天喝酒囉！

旅遊
小幫手

法國夜生活

　　如果要跟亞洲相比較，法國的夜生活還是有點差距，但夜裡的法國，的確展現了不同面貌。如果是到訪首都巴黎，晚上有時間可安排看秀，大家都曉得這兒最知名的三大秀就是瘋馬秀、麗都秀及紅磨坊秀。其中瘋馬秀最受本國旅客推薦，原因或許是表演有搭配英文，且內容相當豐富。

　　如果晚上了想跳舞或喝酒也不是問題，即便是小鎮，至少也會有家夜店，如果是巴黎就更不用說了。香榭麗舍大道、拉丁區、瑪黑區、蒙帕納斯等地區，都可找到夜店。但要進夜店要穿得體面些，以免被擋在外。夜店入場多半要近20歐元，有時一些知名夜店有會推出晚上11點半以前入場的優惠，但旅客得先上網登記。

CHAPITRE 8

Shopping 購物篇

Le centre commercial

Est-ce qu'il y'a **des magasins de mode** dans le centre commercial?

[ɛskil ja **de magazɛ̃ də mɔd** dɑ̃ lə cɑ̃ntr comɛrsial]

那座 商場 有服飾店嗎？

實用單字套進 ⬜ **說說看**

une librairie	**une bijouterie**
[yn librɛri] 書店	[yn biʒutri] 珠寶店

un fleuriste	**une parfumerie**
[ɛ̃ flərist] 花店	[yn parfyməri] 香水專賣店

une boutique de téléphones
[yn butik də telefon] 手機店

跟著法國人說說看

A **Je voudrais aller faire du shopping, où puis-je aller?**

[ʒə vudʁɛ ale fɛʁ dy ʃopiŋ u puiʒ ale] 我想去逛街，有哪裡我可以去呢？

B **Vous pouvez aller au centre commercial, rue de Rivoli.**

[vu puve ale o sɑ̃tʁ comɛʁsial ʁy də ʁivoli] 您可以去里窩利街上的商場。

A **Est-ce qu'il ya des magasins de mode dans ce centre commercial?**

[ɛskil ja de magazɛ̃ də mɔd dɑ̃ sə cɑ̃ntʁ comɛʁsial] 那座商場有服飾店嗎？

B **Oui, il y en a au troisième et quatrième étage.**

[wui il jɑ̃ na o tʁwaziɛm e katʁiiɛm etaʒ] 有的，在三樓跟四樓。

旅遊
小幫手

巴黎百貨購物區介紹

　　巴黎有許多知名百貨或購物商區，其中對台灣旅客來說最耳熟能詳的，可說是老佛爺百貨（Galeries Lafayette），它不僅號稱法國最大百貨，也是全球唯一設有台灣旅客專用服務櫃檯的百貨公司，裡頭還有會說中文的員工提供協助退稅、貴賓導購等服務。老佛爺百貨附近還有以時尚精品著稱的春天百貨（Printemps），百貨不僅名牌滙集，建物本身也是相當宏偉華美的歷史古蹟。

　　如果想買法國知名設計師品牌，又想感受法國左岸氣息，可以到聖日耳曼區逛逛，此區商店位置多集中在兩條街上，逛起來較不耗時耗力。又若想找點特別的，別錯過以創意出名的瑪黑區，瑪黑南區觀光氣息較重，但賣店商品質感與設計感皆不錯，另外瑪黑北區則有較多原創精神的獨立品牌。

Le magasin de mode

🔊 40

Bonjour, je voudrais trouver une jupe.

[bɔ̃ʒur ʒə vudr ɛ truve yn ʒyp]

您好，我想找 一件裙子 。

 實用單字套進 ⬜ 說說看

un pantalon
[ɛ̃ pɑ̃talɔ̃] 一件褲子

une robe
[yn rɔb] 一件洋裝

un costume
[ɛ̃ kostym] 一件西服

une chemise
[yn ʃəmiz] 一件襯衫

un jean
[ɛ̃ dʒin] 一件牛仔褲

un manteau
[ɛ̃ mɑ̃to] 一件外套

跟著法國人說說看

A **Bonjour, je voudrais trouver une jupe.**
[bɔ̃ʒur ʒə vudrɛ truve yn ʒyp] 您好,我想找一件裙子。

B **C'est pour qui?**
[se pur ki] 是誰要穿的?

A **C'est pour moi. Je peux essayer?**
[se pur mwa ʒə pə esaje] 是我要的,可以試穿嗎?

B **Oui, bien sûr, la cabine d'essayage est juste au fond.**
[wui bjɛ̃ syr la kabin desajaʒ e ʒyst o fɔ̃]
是,當然可以,試衣間就在走道最底端。

旅遊小幫手

法國時尚這一事

比起台灣女性「必定跟隨當季潮流」的服飾穿搭時尚,法國女生的穿衣方式顯較低調,卻不失風格。以時尚之都巴黎的冬天來說,除了一些年輕女孩較為活潑的穿搭外,許多巴黎女性的穿衣,色調多為黑灰色或單色調,搭配合適的項鍊或耳環,整體造型雖不如台灣女孩打扮起來的繁複,卻相當有型。多半法國女性穿衣重視整體線條,風格俐落不失優雅,購買衣服時,會以適合自己為主,而非適合「當季流行」。

如果想到法國購物又不想大失血,可選擇折扣季節到訪,以巴黎來說,最重要折扣季分兩次,秋冬約從一月的第二個星期三開始,夏季則從六月最後一個星期三開始,通常會持續5週,折扣約從七折到五折。

Trouver son bonheur

41

Vous l'avez en rouge ?

[vu lave ã ruʒ]

請問你們有 紅色 嗎？

實用單字套進 □ 說說看

orange [oraʒ] 橘色	**blanc** [blã] 白色
noir [nwar] 黑色	**bleu** [blə] 藍色
taille M [taj ɛm] M號	

跟著法國人說說看

A **Vous l'avez en rouge?**

[vu lave ã ruʒ] 請問你們有紅色嗎？

B **Oui, rouge clair ou rouge foncé?**

[wui ruʒ klɛr u fɔ̃se] 有的，淺紅色還是深紅色？

A **Je voudrais le rouge foncé.**

[ʒə vudrɛ lə ruʒ fɔ̃se] 我想要深紅色的。

B **Voici.**

[vwasi] 這裡有。

旅遊
小幫手

購買經典名牌與退稅

　　法國是引領全球時尚文化的先鋒之一，也是眾多名牌的誕生地，包含 CHANEL、Louis Vuitton（LV）、HERMES、Christian Dior、Cartier、 Yves Saint Laurent（YSL）、Lanvin、LONGCHAMP、Givenchy、Céline、 Chloé及agnes b.等，都是許多旅客喜愛的法國經典品牌，這其中，又以包包 皮件、時裝、鞋、眼鏡、腕錶、香水、化妝品等為最熱門的購買物件。

　　在法國買名牌最大好處是單價常比台灣低，如果再扣除12%的退稅， 有時三四萬的包包，甚至可能出現近萬元的差價。不過要記得在法國辦理退 稅，得買滿175歐元，還得要求購買店家開立退稅單。退稅方式分為現金與信 用卡，有些店家可辦退稅，另外，若是在機場辦理退稅，時間上不能抓得太 緊湊，以免退稅事務耽誤搭機時間。

🔴 42

Bonjour, où sont les rouges à lèvres?

[bɔʒur u sɔ̃ le ruʒa lɛvre]

您好，請問 口紅 在哪？

 實用單字套進 ◯◯◯ 說說看

ombres à paupières
[ɔ̃bra popjɛr] 眼影

mascara
[maskara] 睫毛膏

faux-cils
[fosil] 假睫毛

boucles d'oreille
[buklə dorɛj] 耳環

colliers
[colie] 項鍊

跟著法國人說說看

A **Bonjour, où sont les rouges à lèvres?**
[bɔ̃ʒur u sɔ̃ le ruʒa lɛvre] 您好，請問口紅在哪？

B **C'est juste derrière. Je peux vous aider?**
[se jyst derjɛr ʒə pə vu ɛde] 就在後方，需要幫忙嗎？

A **Non merci, je regarde pour l'instant.**
[nɔ̃ mersi ʒə rəgard pur lɛ̃stɑ̃] 不用了，我現在只是看看。

B **D'accord, appelez-moi si vous avez besoin.**
[dakɔr aple mwa si vu ave bəzwɛ̃] 好的，若您需要再跟我說。

旅遊
小幫手

巴黎藥妝店

　　在巴黎，處處可見藥妝店，店裡除了賣藥，還售有各種保養、瘦身產品，品牌多樣，品項更是讓人眼花撩亂。其中頗受當地人歡迎，也是觀光客相當喜愛的藥妝店，是位於花神咖啡館和雙叟咖啡館附近的Pharmacie City Pharma，這家店號稱是全巴黎最便宜的藥妝店，不僅商品齊全，購買人潮也是永遠滿滿，結帳時總得排上長長隊伍。

　　另外在La Defense地鐵站裡的ERE藥局、4區的Pharmacie des Archives、11區的Pharmacie de l'Olivier、13區的Pharmacie de l'Avenue，以及Sephora連鎖複合式美妝店，也都有不錯的評價。不過這些藥妝店裡的商品價格都不太一樣，雖說很多原價已開出約台灣五折，之後買滿175歐元還可退稅，但如果真想買到更便宜的藥妝，還是要貨比三家。

◎ 43

Vous pouvez ramener du parfum pour vos amis.

[vu puve ramne dy parfœ̃ pur vo ami]

您可以帶些 香水 給您朋友。

實用單字套進 □□□□ 說說看

des cartes postales [de kart postal] 明信片	**des biscuits** [de biskɥi] 餅乾
des porte-clés [de port kle] 鑰匙圈	**des cosmétiques** [de cosmetic] 化妝品

des bouteilles de vin rouge
[de butɛj də vɛ̃ ruʒ] 紅酒

跟著法國人說說看

A Il y'a t-il quelque chose de spécial comme souvenir?

[il ja til kɛlkə choz də spesial kɔm suvənir] 請問有什麼特別的紀念品嗎？

B Vous pouvez ramener du parfum pour vos amis.

[vu puve ramne dy parfœ̃ pur vo ami] 您可以帶些香水給您朋友。

A Bonne idée, c'est où?

[bɔn ide se u] 真是好點子，在哪呢？

B C'est dans l'allée derrière.

[se daˈlale dɛriɛr] 在後面那條通道。

旅遊小幫手

到法國該買什麼紀念品

　　法國的紀念品種類多元，以巴黎來說，常見的當然是明信片、巴黎鐵塔鑰匙圈，或各景點設計成的裝飾品，這些在路邊小攤就可看到，到紀念品店雖然有更多選擇，但雷同性也相當高。如果旅客有多一點時間，建議深入小巷弄內，在一些別具巴黎味的店裡，可找到手繪卡片、插畫貼紙、古典音樂盒、羽毛筆、傳統糖果等特色紀念品。

　　如果離開巴黎到其他地區，也有許多在地特色商品，例如南法普羅旺斯，可找到薰衣草香包、草本肥皂、紅酒醋、橄欖油等；西法不列塔尼則賣有許多傳統圖騰的陶瓷品與編織物；各酒鄉則可找到好品質的紅酒。超市與傳統市場也是找禮物的好去處，巧克力、花草茶、餅乾禮盒等都是不錯的選擇。

◎ 44

Je veux aller à la section fiction.

[ʒə və ale a la seksiɔ̃ fiksiɔ̃]

我想要去 小說 區。

實用單字套進 [　　　] 說說看

papeterie [papɛtri] 文具	**histoire** [istwar] 歷史
art [ar] 藝術	**littérature** [literatyr] 文學
magazines [magazine] 雜誌	**voyage** [vwajaʒ] 旅遊

跟著法國人說說看

A **Ca te dit d'aller à la FNAC?**
[sa tə di dale a la fnak] 想要去Fnac吧！

B **Ok, c'est parti!**
[oke se parti] 好啊，我們走。

（**Dans la Fnac**/在Fnac裡）

A **Je veux aller à la section "fiction".**
[ʒə və ale a la seksiõ fiksiõ] 我想要去小說區。

B **Je te suis.**
[ʒə tə sɥi] 我跟你一起去。

逛法國書店，沾點文藝氣息

　　法國文學發展蓬勃，書店也是處處可見。法國常見連鎖書店包含：法雅克（Fnac）、Gibert Joseph、Privat等，裡面售有書籍及影音商品，其中法雅克還售有視聽設備、電腦、手機相機等電器。法國另有不少小型獨立書店，精緻小巧，別有風格，在這些獨立書店中，不只可看到大眾化的商業書籍，也可能找到新銳作家、攝影師、插畫家的作品，或是別有設計感商品、明信片、卡片等。

　　如果人在巴黎，別錯過知名的「莎士比亞書店」（Shakespeare and Company Bookshop），此書店有超過一甲子的歷史，它為熱愛文學的人們及作家，創造了一個溫暖友善的空間，它甚至留了床位或書桌，給窮困的文人藝術家歇息工作。目前書店比鄰分為兩家，分別銷售古書及現代出版品，未來則將規劃咖啡廳及藝廊等。

Le marché 逛傳統市場

○ 45

On peut acheter du saucisson au marché.

[ɔ̃ pə aʃəte dy sosisɔ̃ o marʃe]

我們可以在那裡買點 法式臘腸 。

 實用單字套進 [ ] 說說看

un panier fait main
[ɛ̃ panje fe mɛ̃] 手工麵包

des légumes frais
[de legym frɛ] 新鮮蔬菜

du miel
[dy mjɛl] 蜂蜜

de la confiture
[də la kɔ̃fityr] 果醬

du fromage de chêvre
[dy fromaʒ də ʃɛvr] 山羊乳酪

 **跟著法國人說說看**

A C'est dimanche aujourd'hui. Allons au marché.

[se dimɑ̃ʃ oʒurdɥi alɔ̃ o marʃe] 今天是星期天，我們去市場吧。

B Peut-on acheter des produits locaux là-bas?

[pə tɔ̃ aʃəte de prodɥi loco laba] 我們在那裡可以買到在地產品嗎？

A Oui on peut y acheter du saucisson!

[wi ɔ̃ pø i aʃəte dy sosisɔ̃] 我們可以在那裡買點法式臘腸！

B Du saucisson? Je voudrais bien goûter!

[dy sosisɔ̃ ʒə vudrɛ biɛ̃ gute] 法式臘腸？我真想嚐嚐！

 旅遊
小幫手
法國傳統市集特色

　　喜歡料理或感受在地生活的旅客，到法國一定要逛逛傳統市集。傳統市集分為露天與室內，依各城區需求，有不同的開放時間，建議旅行前先蒐集推薦的市集資料，也可透過www.jours-de-marche.fr查詢旅遊區內傳統市集的開放時間。

　　傳統市場因攤商個體經營，以及規管法令不同，較能保有獨特性與精緻性。比起超市，這裡售有更多新鮮的當季食材，許多小農私家種的各品種蔬果，都是超市找不著的。肉品選擇也相當多，甚至可看到溫體剝皮全兔與各類動物內臟，建議旅客別錯過法式臘腸，可和攤販比手畫腳，試吃過後再買。另外，一些在地生活用品如編織籃、桌巾地毯，或是農家自製特產如：起司、蜂蜜、果醬、醃漬物、橄欖、茶、油等，也都是自用送人兩相宜。

Le supermarché 超級市場

Les pommes sont en promo aujourd'hui.

[le pɔm sɔ̃t ɑ̃promo oʒurdɥi]

今天 蘋果 特價。

實用單字套進 □□□ 說說看

cerises [səriz] 櫻桃	**bananes** [banan] 香蕉
fraises [frɛz] 草莓	**prunes** [pryn] 梅子

rhubarbe
[rybarb] 大黃（樣貌如紅色西洋芹）

跟著法國人說說看

A **Il y'a t-il quelque chose en promo aujourd'hui?**

[ja til kɛlkə ʃoz ɑ̃ promo oʒurdɥi] 今天有東西在特價嗎？

B **Les pommes sont en promo.**

[le pɔm sɔ̃ tɑ̃ promo oʒurdɥi] 蘋果有特價。

A **Cool, on peut en acheter et faire une tarte tatin!**

[kul ɔ̃ pø ɑ̃ aʃəte e fɛr ɥn tart tatɛ̃]

太好了，我們可以買些蘋果來做翻轉蘋果塔。

B **Une tarte tatin? Bonne idée mais tu devra m'apprendre!**

[ɥn tart tatɛ̃ bɔn ide mɛ ty dəvra maprɑ̃dr]

翻轉蘋果塔嗎？好點子。但是你得教我喔。

旅遊
小幫手

法國超市文化

　　法國超市不僅是居民尋求日常生活用品之地，也是旅客探索法國文化的好去處。在法國常見的超市有Carrefour、E‧Leclerc、Super U、Géant、Auchan、Casino、Franprix等，有些大城超市營業時間較久，但週日超市多半休息。

　　與台灣相比，法國超市分類變化不大，但有些超市的蔬果需要自己秤重，秤重機旁常附有標示蔬果照片的檢索單，協助顧客找到要購買的蔬果，但法國有些台灣少見的蔬果，這對旅客會是一種新鮮挑戰。建議也別錯過熟食區，除了基本的法式家庭料理和各類熟食肉品，這裡也常售有北非小米飯（couscous）和西班牙海鮮飯，約莫10歐元就可飽足一餐。同樣熱鬧的還有乳製品區和生鮮肉品區，除了數不盡的起司、火腿、冷食外，甚至可能看到牛心、豬腎、羊舌、兔肉等肉品喔！

◉ 47

Où est le distributeur de billets s'il vous plaît?

[u ɛ lə distribytœr də bijɛ sil vu plɛ]

實用單字套進 ☐ 說說看

la banque
[la bãk] 銀行

le bureau de poste
[lə byro də pɔst] 郵局

le bureau de change
[lə byro də ʃãʒ] 外幣兌換處

l'accueil
[lakœj] 接待處

le service perte et vol
[lə sɛrvis pɛrt e vɔl] 失物服務處

跟著法國人說說看

Ⓐ Bonjour, c'est quatre-vingts euros.

[b ɔ̃ʒur se katr vɛ̃ əro] 您好，共八十歐元。

Ⓑ Pardon, je n'ai pas assez de liquide, où est le distributeur de billets s'il vous plaît?

[pardɔ̃ ʒə nɛ pa zase də likid u ɛ lə distribytœr də bij ɛ sil vu plɛ]
抱歉，我沒有有足夠的現金，請問自動提款機在哪裡？

Ⓐ Il y en a un au coin de la rue.

[il jᾶ ᾶ œ̃ o kwɛ̃ də la ry] 在街角那邊有一間。

Ⓑ Merci.

[mɛrsi] 謝謝。

如何聰明運用金錢

　　比起賺歐元來台灣旅遊，賺台幣的我們去法國旅行時，一定得特別精明，建議旅客在出國前半年就開始觀察匯率，台幣近年來雖然較強了，但換大筆數目只要匯率差一點，就會損失不少。目前到法國旅遊，帶現金划算，但有遺失等風險，較為保險的旅行支票近年在法國使用則較不便利，許多銀行目前不提供兌換旅行支票服務，而可以換旅行支票的地方則多要收取手續費。所以多半旅客是換取一點現金，到了當地在以ATM領錢或使用信用卡。

　　如果旅客信用卡遺失或被盜用，要即時通報銀行，註銷原有卡片，之後再申請新的。被盜用的部分如果有辦法證明非本人消費，多半銀行也會負責償還，但銀行若找不到盜刷者，可能就得自己買單了。

CHAPITRE 9

Problèmes 問題產生時

Se perdre 迷路

◎ 48

la rue
Victor Hugo

Pouvez-vous m'indiquer
la rue Victor Hugo , s'il vous plaît?

[puve vu mɛ̃dike la ry viktɔr ygɔ sil vu plɛ]

實用單字套進 ⬜⬜⬜ 說說看

la mairie	la gare
[la mɛri] 市政府	[la gar] 火車站

la station de métro
[la stasjɔ̃ də metro] 捷運站

l'office du tourisme	L'hôtel Ibis
[lofis dy turism] 旅客服務中心	[lotɛl ibis] 宜必思飯店

跟著法國人說說看

A **Pouvez-vous m'indiquer la rue Victor Hugo s'il vous plaît?**

[puve vu mɛ̃dike la ry viktɔr ygɔ sil vu plɛ]

可以請你告訴我雨果路在哪裡嗎？

B **C'est la première à droite.**

[se la prəmjɛr a drwat] 在第一個右轉處。

A **Je suis perdu, pouvez-vous me dire où nous sommes sur le plan?**

[ʒə sɥi pɛrdy puve vu mə dir u nu sɔm syr lə plɑ̃]

我迷路了，可以請你告訴我，我們在地圖上的哪裡呢？

B **Oui, bien sûr, nous sommes ici!**

[wi bjɛ̃ syr nu sɔm isi] 好，當然可以，我們在這裡。

 旅遊小幫手

在法國迷路時

　　法國歷史悠久，許多市區規劃並非現代的棋盤式規格，相對的迷路變成在所難免，加上人生地不熟，路名、景觀看起來又很相似……。總之，如果真的不幸迷路了，首先別慌，若在城市，別讓扒手在這時候動手，讓情況雪上加霜，你可以深吸一口氣，冷靜下來，甚至趁機與法國人做更多互動。

　　若要向路人問路，首先記得先說打擾了（Excusez-moi），並且問聲好（Bonjour），之後再進入正題。很多人說法國人態度較冷淡，但這很有可能是對方無法以英文來回答問題，因而表情凝重所產生的一種誤解，大多數的法國人其實還是很樂意幫忙，其中又以警察局或教堂最有服務熱忱。

125

49

Est-ce que le poste de police est loin?

[ɛskə lə pɔst də pɔlis ɛ luɛ̃]

請問 警察局 遠嗎?

實用單字套進 說說看

le commissariat [lə comisarja] 警察局	**l'embassade** [lãbasad] 大使館
la gendarmerie [la ʒãdarməri] 憲兵部隊	**le service visas** [lə sɛrvis viza] 簽證服務處

le BRTF/ Le Bureau de Représentation de Taipei en France
[lə be ɛr te ɛf/lə byro də rəprezãsjõ də tajpɛ ã frãs] 駐法國台北代表處

跟著法國人說說看

A **Est-ce que le poste de police est loin?**

[ɛskə lə pɔst də pɔlis ɛ lwɛ̃] 抱歉,您好,請問警察局遠嗎?

B **C'est au bout de la rue sur votre gauche.**

[se o bu də la ry syr vɔtr goʃ] 它在你左手邊的街底。

A **Bonjour, j'ai perdu mon passeport, je voudrais faire une déclaration.**

[bɔ̃ʒur ʒɛ pɛrdy mɔ̃ paspɔr ʒə vudrɛ fɛr yn deklarasjɔ̃]
您好,我弄丟了我的護照,我想要報案。

C **Oui, bien sûr, veuillez patienter, je vais m'occuper de vous.**

[wi bjɛ̃syr vøje pasjɑ̃te ʒə vɛ mokype də vu]
好,沒問題,請稍待片刻,我將為您服務。

旅遊
小幫手

護照遺失怎麼辦?

　　出國遺失東西相當麻煩,若是弄丟代表身分的護照更是令人惶恐。在法國弄丟護照,首先應立即向當地警察機關報案,並請他們出具證明,在這份報案證明書上,會註明護照遺失及個人其他資料,所以留有護照影本或熟記個人護照號碼便相對地重要。

　　緊接著憑著報案證明書與個人彩色照片2張,到台灣駐法單位—駐法國台北辦事處,填表繳費辦理回台用的臨時入境許可證,其地址在78, rue de l'Université, 75007 Paris,位於第七區,簽證組的電話是(33-1)4439-8820/30。之後回國,旅客得憑著臨時許可證入境,如果沒帶身分證的人,還得請親人帶身分證及戶口名簿來證明身分。又若護照若於報失後的48小時內尋獲,且尚未申請臨時入境許可證,則可向警局申請撤案。

127

🔘 50

On m'a volé mon sac !

[ɔ̃ma vole mɔ̃ sak] 我的袋子 被偷走了！

 實用單字套進 **說說看**

mon portefeuille [mɔ̃ portəfœj] 我的錢包	**ma valise** [ma valiz] 我的行李箱
mon vélo [mɔ̃ velo] 我的腳踏車	**mon téléphone** [mɔ̃ telefɔn] 我的手機
mon sac-à-dos [mɔ̃ sakado] 我的背包	**ma voiture de location** [ma vwatyr də locasiɔ̃] 我租的車

 跟著法國人說說看

A **A l'aide! On m'a volé mon sac!**
[a lɛd ɔ̃ ma vole mɔ̃ sak] 幫幫忙！ 我的袋子被偷走了！

B **Où cela s'est-il produit?**
[u cəla se til prodɥi] 在哪裡發生的？

A **Dans le métro.**
[dã lə metro] 在地鐵站。

B **Votre passeport et remplissez ce formulaire, s'il vous plaît.**
[vɔtr paspɔr e rãplise sə fɔrmylɛr sil vu plɛ]
請您先給我護照，並填好這個表格。

 旅遊 小幫手

旅行時如何防範竊賊？

　　在法國旅遊，若不想損失錢財，須注意幾點事項如：皮夾現金不放口袋，錢財不露白；夜間少隻身外出；護照信用卡等重要物件分開放，降低風險；拿ipad等昂貴電器別張揚；在人潮多的地方，高價相機盡量斜背或到景點才拿出；包包不離開視線，確認拉鍊緊實；乘坐地鐵不站門口，避免有人在關門前搶你一把。

　　由於亞洲人因好辨認又會帶現金，容易成為有心人士目標，加上亞洲女生身材瘦小，如果偷不成用搶也行。另要注意一些鬧區會有竊賊集團出沒，第一人假裝問路等方式分散遊客注意力，同夥則在後頭割破包包竊取有價物。在巴黎，則有人扮假警察，或嘗試為旅客綁幸運繩、要簽名或贈送小禮物，轉而要求旅客付費。

Agression 暴力威脅

J'ai été agressé !

[ʒɛ ete agrese]

我被 攻擊 了。

實用單字套進 說說看

volé
[vole] 偷竊

violé
[viole] 強暴

battu
[baty] 毆打

enlevé
[ãləve] 綁架

renversé
[rãvɛrse] 車撞

跟著法國人說說看

A **Au secours! J'ai été agressé!**
[o sɛkur ʒɛ ete agrese] 救命！我被攻擊了！

B **Vous etes blessé?**
[vu ɛt blece] 你受傷了嗎？

A **Non, ça va, merci. Mais je veux porter plainte.**
[nɔ̃ sa va mɛrsi mɛ ʒə və pɔrte plɛ̃t] 沒有，我還好，謝謝。但我想報案。

B **Le poste de police est juste là, je vous accompagne.**
[lə pɔst də polis ɛ ʒyst la ʒə vu akɔ̃paɲ] 警察局就在那裡，我帶你去。

旅遊
小幫手

威脅產生的應對方式

　　法國近年來治安惡化，旅客在機場、車站、火車上、地鐵、觀光景點、餐廳、旅館等公共場所，皆需提防偷竊搶奪，如果真遇上搶劫別反抗，避免暴力加害。如果隻身在外，儘量避免單獨處於人少的地方，如果發覺被跟蹤，可以試著記下尾隨者面容特徵，伺機進入商家，請求電話聯繫警方協助，其中店家又以Tabac（銷售菸、報紙之商店）最佳。這些店多半由法國退伍軍人開設，他們多半較了解當地治安，也較有正義感，又若是在地鐵裡，則可請地鐵RATP工作人員協助。

　　在巴黎，任何一個警局都可以報案，旅客也可以撥打「旅外國人急難救助全球免付費專線」00-800-0885-0885，或者駐法國台北代表處的緊急連絡電話 (33-1) 4439-8830，尋求協助。

La santé 健康

◉ 52

J'ai mal au ventre .

[ʒɛ mal o vãtr]

我 肚子 痛。

 實用單字套進 [　　] 說說看

à la tête [a la tɛt] 頭	**au coeur** [o kœr] 心臟
au pied [o pje] 腳	**à la jambe** [a la ʒãb] 腿
aux dents [o dã] 牙齒	**aux yeux** [o ziø] 眼睛

跟著法國人說說看

A Bonjour, je voudrais voir un medecin, j'ai mal au ventre.

[bɔ̃ʒur ʒə vudrɛ vwar œ̃ medsɛ̃ ʒɛ mal o vɑ̃tr]

你好，我想要看病，我肚子痛。

B Oui, par ici s'il vous plaît!

[wi par isi sil vu plɛ] 好的，請到這裡。

A Bonjour, j'ai très mal au ventre, je vomis sans arrêt.

[bɔ̃ʒur ʒɛ trɛ mal o vɑ̃tr ʒə vomi sɑ̃ arɛ]

你好，我的肚子很痛，不停的嘔吐。

B Allongez-vous, je vais vous ausculter.

[alɔ̃ʒ vu ʒə vɛ vu oskulte] 請躺下，我幫您檢查。

旅遊
小幫手

要健康不要意外

　　如果是短期旅遊，建議在台灣時就就購買含醫療的旅遊平安險，保費依內容有所不同，從最基本價五百左右到數千都有，建議保固內容可加入緊急事故發生時的醫療和交通運輸，旅客要特別注意被保細節，因為有些緊急救援只含諮詢，實際產生的費用並不賠償，有的則有賠償上限。

　　如果是長期旅遊，可以選擇購買一年期的意外險及健康險，如果要在法國長年留學或居住，則可在當地加買保險。只要是取得合法居留在法國的外籍人士，皆可擁有公立健保，但健保補償有限，建議加購私人健康險（mutuelle）比較實在。另外，台灣新的健保制度可讓出國長於六個月的旅客辦理停保，停保期間不需繳保險費，但也無法享有健保醫療給付。

附 錄

關於法國

國家全名 法蘭西共和國（French Republic / République Française）

首都 巴黎（Paris）

位置 位於西歐，北方鄰國為比利時，西南方鄰國為西班牙，東北邊鄰國為德國，東邊及東南邊鄰國為瑞士及義大利，西北方的英吉利海峽對岸為英國，南邊緊臨地中海。

面積 674,843平方公里

人口 64,473,140人

氣候 法國氣候多變但溫和，春季對台灣人來說偏冷涼、夏季北部熱而乾爽，但南法靠近地中海，非常炎熱又常吹強風、7～8月一般乾燥且炎熱，但早晚溫差大、9月秋季多為雨季、11月進入冬季後就真的冷翻囉。

語言 法語

插頭 電壓是220V，插座是兩孔或三孔、插頭為圓柱狀

電話國碼 +33

駐法國台北代表處資料

法文名：Bureau de Representation de Taipei en France

住址：78, rue de l'Universite, 75007 Paris, France

電話：(33-1)4439-8830 　　　 傳真：(33-1)4439-8871

e-mail：taiwan.brtf@gmail.com 　　 網址：www.taiwanembassy.org/FR

關於法國人

蘇曉晴

　　學習法語或抵達法國前，我們先來談談法國人。過去我對法國人的定義相當狹隘，例如他們生性浪漫、不愛說英文、熱愛美食……等等，但與Yannick認識、深入交往，並進而嫁給他，開始更深入了解法國文化後，我卻發現相較於我們亞洲人，法國「人」的特質更顯多元富變化。

　　好比說一對相當傳統的法國夫妻，他們的孩子長大後可能極度前衛。我們也可以用男生對於美女的定義來做一個舉例，在台灣，眼睛水汪汪大或皮膚白皙，多半是成為美女的條件之一，但在法國，每個男生對於美女的定義都不太相同，不管身材高䠷嬌小，或皮膚黝黑白皙，都有可能成為他們眼中的大美人。

　　當然這也與法國人自小擁有較多的自主權也有關係。在台灣文化中，我們較重團體精神，進而影響的，是對事物皆有較相似的評論或看法，但在法

※受理領務申請案件時間：週一～週五：09：30～12：30、13：30～16：00
※急難救助：急難救助電話專供緊急求助之用（如車禍、搶劫、有關生命
　　　　　安危緊急情況等），非急難重大事件，請勿撥打；一般護
　　　　　照、簽證等事項，請於上班時間以辦公室電話查詢。
專線電話：(33-1)4439-8830　　　　行動電話：(33)68-007-4994
法國境內直撥：068-0074994

國，孩子們自小就被培養獨立思考，所以他們對於許多事情如：美女的定義，才會有較多元的看法。

但法國人也因為思想獨立，常讓不小心讓人有種過於自我的感覺，好比說一群法國人聊天，就可看到多方各持己見，盡力表達自己想法的場面，就算是伴侶間也不會退讓，這種情況我就時常遇到（泣）。我時常心想這到底有什麼好爭的，但在法國人眼裡，這是一種談話的趣味，比起老是順從別人意見，他們更喜歡有想法見解的人。

談到說話，法國人可說是世界上最愛講話的民族之一，好比眾人討論一個話題，其中的諸多字句，就可能被逐一放大，反複評論後又無限擴展整段對話，或延伸到新的話題，也因此在法國參加到凌晨一兩點都還沒結束的晚餐，也不是奇怪的事。有時客人就算到了聚會結尾，從站起來說是要離開到真正走出門，也恐怕是半小時後的事，有時和Yannick外出遇到這種狀況時，我只能不斷陪笑，心裡卻想著：「老天爺，你們有完沒完啊？」

此外，法國人的嘴之厲害，也會用在讚美與咒罵上，咒罵在此我們就不提了，但讚美的部分，就可時常聽到superbe（超級棒）、magnifique（超讚）、excellent（卓越的）、impressionnant（叫人印象深刻）、délicieux（非常美味）等，有時就連c'est bon（這個好）也會被嫌棄，起碼要說上c'est très bon（這個真好）才能表現誠意。

　　最後，我們來小小解釋對法國人的幾個基本偏見－不愛說英文、熱愛美食、生性浪漫。前兩個問題其實很好解答，首先，比起周圍的德國、荷蘭、比利時人等，法國人的英文其實比較差，當有人突然跟他們說起英文，他們便會緊張起來，甚至以驕傲偽裝自己的害怕。其實在法國突然用英文交談，的確會讓他們感到不大禮貌，建議旅客可打聲招呼如：Bonjour（日安），Parlez-vous anglais?（您會說英文嗎？）做開頭，接下來你應當可以找到願意用英文協助你的人。另外，法國人的確熱愛美食，他們對於自家生產的優質乳酪、葡萄酒，與各城鄉的特產，都相當自豪，此外法國也可說是擁有最多高水準三星餐廳和廚師的國家之一。

　　最後關於浪漫這個問題，則挺難回答，在台灣，男孩會幫女生拿包包，這是一種浪漫或體貼的表現，但法國人很少這樣做，在約會時期上餐廳，法國男生也不一定會幫女生付費。但深入認識，便會發現法國人的浪漫其實頗為細膩，他們用心經營情感，在一起時，與對方享受彼此相處的每個時刻與細節，離開時，則給予對方足夠的自由與空間。但他們浪漫不浪漫，這恐怕是因人而異了。

　　大體上來說，如果要真正認識法國人，恐怕需要一點時間，換句話說，先加強你的法文吧！

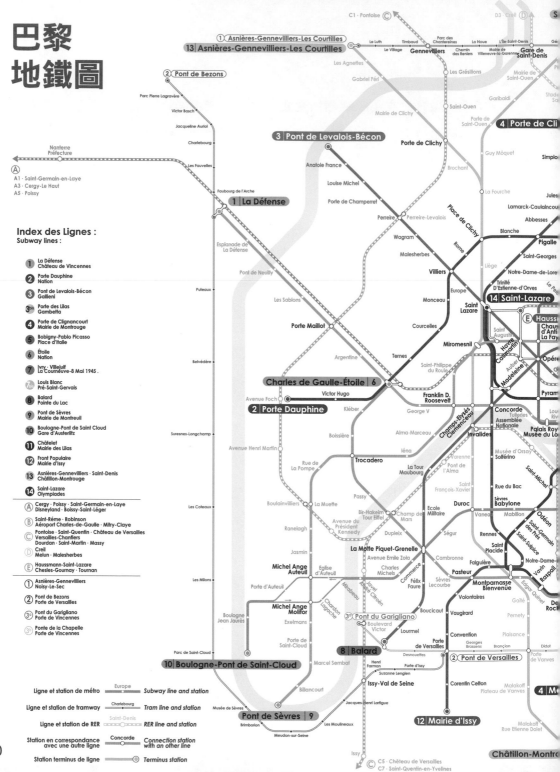

巴黎
地鐵圖

Index des Lignes :
Subway lines :

① La Défense / Château de Vincennes
② Porte Dauphine / Nation
③ Pont de Levalois-Bécon / Gallieni
③ᵇⁱˢ Porte des Lilas / Gambetta
④ Porte de Clignancourt / Mairie de Montrouge
⑤ Bobigny-Pablo Picasso / Place d'Italie
⑥ Étoile / Nation
⑦ Ivry · Villejuif / La Courneuve-8 Mai 1945 .
⑦ᵇⁱˢ Louis Blanc / Pré-Saint-Gervais
⑧ Balard / Pointe du Lac
⑨ Pont de Sèvres / Mairie de Montreuil
⑩ Boulogne-Pont de Saint Cloud / Gare d'Austerlitz
⑪ Châtelet / Mairie des Lilas
⑫ Front Populaire / Mairie d'Issy
⑬ Asnières-Gennevilliers · Saint-Denis / Châtillon-Montrouge
⑭ Saint-Lazare / Olympiades

Ⓐ Cergy · Poissy · Saint-Germain-en-Laye / Disneyland · Boissy-Saint-Léger
Ⓑ Saint-Réme · Robinson / Aéroport Charles-de-Gaulle · Mitry-Claye
Ⓒ Pontoise · Saint-Quentin · Château de Versailles / Versailles-Chantiers / Dourdan · Saint-Martin · Massy
Ⓓ Creil / Melun · Malesherbes
Ⓔ Haussmann-Saint-Lazare / Chesles-Gournay · Tournan

① Asnières-Gennevilliers / Noisy-Le-Sec
② Pont de Bezons / Porte de Versailles
③ᵃ Pont du Garigliano / Porte de Vincennes
③ᵇ Ponte de la Chapelle / Porte de Vincennes

Ligne et station de métro — Europe — Subway line and station
Ligne et station de tramway — Charlebourg — Tram line and station
Ligne et station de RER — Saint-Denis — RER line and station
Station en correspondance avec une autre ligne — Concorde — Connection station with an other line
Station terminus de ligne — Terminus station

140

A1 · Saint-Germain-en-Laye
A3 · Cergy-Le Haut
A5 · Poissy

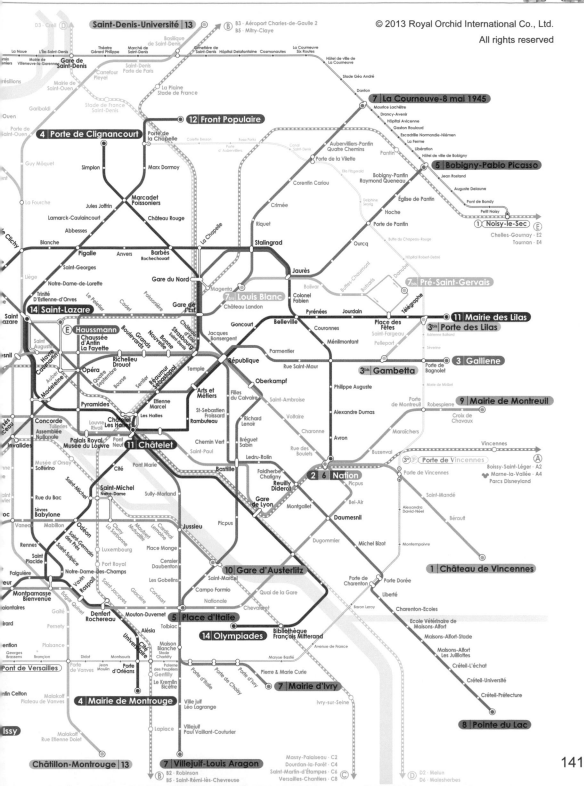

141

法國重要城市介紹

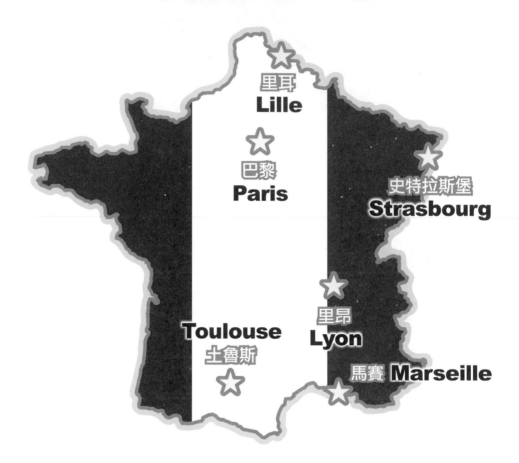

里耳
Lille

巴黎
Paris

史特拉斯堡
Strasbourg

Toulouse
土魯斯

里昂
Lyon

馬賽 **Marseille**

■ Paris 巴黎

　　法國首都及最大城市，至今仍是世界上最重要的政治與文化中心之一，另外在娛樂、時尚、科學、藝術等方面，仍有重大影響力，許多國際組織都將總部設立在巴黎；但另一方面，巴黎也是世界上生活費用最高的城市之一。巴黎最令人著迷的地方，是它的風情萬種，除了知名的景點外，不管是巴黎人或巴黎街角市景，都別有獨特風味。

Marseille 馬賽

法國第二大城，位於地中海沿岸，是法國及地中海最大的商業港口，當地氣候屬地中海式氣候，冬季溫和濕潤，夏季乾燥炎熱。比較有趣的是，如今傳到世界各地的塔羅牌原是來自馬賽，而法國國歌「馬賽曲」，則是以馬賽義勇軍命名的。若有機會造訪馬賽，別錯過馬賽老港、馬賽公寓大樓、聖文生教堂等景點。

Strasbourg 史特拉斯堡

法國東北部人口最多的城市，當地駐有歐盟許多重要的機構，也是萊茵河沿岸的第二大港口。其歷史中心位於城內兩條支流環繞的大島，這裡擁有許多中世紀時期建造的美麗建築，到此別錯過列為世界文化遺產的大教堂與小法蘭西。

Toulouse 土魯斯

法國西南最大城，鄰近地中海和庇里牛斯山，城內有美麗的中古世紀街道、經過修復的古跡遺產等美景。這裡也是歐洲太空產業基地，旅客更可到太空城（Cité de l'Espace）體驗被帶往未來太空世界的感覺。

Lille 里耳

是法國北部最大城，也算是歐洲的十字路口，遊客若開車或搭火車，通常會經過這裡再通往比利時、盧森堡、德國或南端的西班牙。這裡屬溫帶海洋性氣候，夏天不熱但冬天經常有零度下的低溫。

Lyon 里昂

法國第三大城，法國東南部大城，教育事業發達，擁有知名的商學院和工學院。里昂城內擁有超過一百個Vélo'v站的自行車自助租借網絡，相當受到市民及旅客歡迎。

法語小教室：發音速成

開始認識法語時，前期發音學習相當重要，如果沒有基礎，較建議找正式課程或法籍老師上課，做好基本動作。此外多聽多唸多朗誦，網路上可以找到法國的廣播電台，也可以常看法國電影，感覺法語在不同場合上的運用與節奏，抓住那種音感。

一、法文字母簡介

法文和英文一樣用26個拉丁字母，但發音上有相當大的差異，此外法文還有一個連音符號Œ，以及有時候用來表示不同的發音，有時候只是區別不同的語意的變音符號，即底下表格括弧內的字母。

法語字母表

A a	(À à)	(Â â)	B b	C c	(Ç ç)	D d	E e
(É é)	(È è)	(Ê ê)	(Ë ë)	F f	G g	H h	I i
(Î î)	(Ï ï)	J j	K k	L l	M m	N n	O o
(Ô ô)	P p	Q q	R r	S s	T t	U u	(Û û)
(Ù ù)	(Ü ü)	V v	W w	X x	Y y	(Ÿ ÿ)	Z z

※母音字母：a e i o u y

※輔音字母：b c d f g h j k l m n p q r s t v w x z

※連字：Œ（œil、fœtus、bœuf...）

144

二、法文如何發音

1. 單母音

字母	音標及發音方式
a	[ɑ]如注音ㄚ
e	(1) e位於字中→有[ə]如注音ㄜ或[ɛ]如注音ㄟ，但用喉嚨前段發音，嘴巴張比較開 (2) e接一個子音時→[e]如注音ㄟ，嘴巴如微笑張開即可 (3) 位於字尾多半不發音
i	[ɪ]或[i]→自然拉長或縮短
o	(1) 較常用[ɔ]，發音似o但嘴較開 (2) 多半位於字尾時用[o]，發音似英文o
u	[y] 如注音ㄩ

2. 雙母音

字母	音標及發音方式
é	[e]如注音ㄟ，嘴巴如微笑張開即可
è、ê、ai、ei	[ɛ]如注音ㄟ，但用喉嚨前段發音，嘴巴張比較開
au、eau、o	[o]發音似英文o
ou	[u]如注音ㄨ
eu、œu	[ø]ㄨ的嘴型發ㄜ的音
eur、œur	[œ]發音類似[ø]但嘴巴上下更開
oi	[wɑ]發音類似「哇」

3.鼻母音

字母	音標及發音方式
an、am、en、em	[ã]似有鼻音「翁」，但用喉嚨中後段發音且聲音較銳利
on、om	[õ]發類似有鼻音「翁」，可用喉嚨前段發音，聲音較輕脆
in、im、ain、aim、yn、ym、ein	[ɛ̃]類似注音ㄚ，但唸時得壓扁嘴型加上鼻音
un、um	[œ̃]類似注音ㄚ，但唸時嘴巴上下較開
ien	[jɛ̃]發音類似「一樣」，但有鼻音
oin	[wɛ̃]發音「哇」，但有鼻音

4.子音

字母	音標及發音方式
p	[p]同英文p發音
b	[b]同英文b的發音
t	[t]同英文t的發音
d	[d]同英文d的發音
c、k、qu	[k]同英文k的發音
g、gue、gui	[g]發ㄍ的音

字母	音標及發音方式
f、ph	[f]同英文f的發音
v	[v]同英文v的發音
s、ce、se、ci、ç	[s]同英文s的發音
z	[z]同英文z的發音，另也用於夾在兩母音中間的s
ch	[ʃ]似「噓」的音
j、ge、gi	[ʒ]同英文j的發音
l	[l]同英文l的發音
r	[r]類似注音ㄏ，但要有喉音（有時喉嚨還要顫抖）
n、nn	[n]同英文n的發音
gn	[ɲ]音ㄋㄧㄝˇ
m、mm	[m]同英文m的發音

5. 其他補充、重點或規則

(1) 比起英文嘴巴張較開，法文有時像含顆魯蛋在嘴裡，嘴巴張得比較小，用比較多喉音，整體發比英文柔和。

(2) d、m、n、s、t、x、z在字尾時多不發音。

(3) h不發音。

(4) à、â、ô、ù、î的發音和在字母上沒有加符號的發音相同。

(5) tion[sjõ]類似「窘」的音。

(6) x可發[s]、[z]、[gz]、[kz]的音。

(7) y、i、il、ille → [j]發音類似「耶」。

(8) 大部分的字彙皆適用上述發音規則，但可能有少數例外。

三、法文的連音

　　法國人說話時喜歡用連音，讓話語說起來更順更漂亮，其使用情況非常多，常見在一句子中子音結尾和母音開頭的地方，如此，後頭接單字的母音因而有子音的發音。基本上連音不太好把握，但如果太在乎有沒有連正確，如此反而會唸得更不順。基本上句型和文法正確仍然比較重要，建議讀者同樣多聽多唸，未來熟悉法語後，連音很自然的會進入腦袋。

　　我們來看以下舉例。des 的字尾s原本不發音，但需連音後轉而發z的音，並與母音發音連在一起：

---

des amis（沒有連音）= des ami（有連音）

[de] [ami]　　　　　　　　[dez-ami]

　　要特別注意的是，如果子音字母為s、x、z時，發音皆為[s]；子音字母為t、d時，發音皆為[t]。

法語小教室：文法篇

　　學會了發音，接下來把一些基礎的文法也記起來吧！這樣就更能舉一反三、靈活運用了！

一、陰陽性

　　法文和英文最大的差別，就在於法文裡的冠詞、名詞和形容詞，都有陰陽性和單複數的區別。但令人頭大的是，基本上這些詞的陰陽性並沒規律可循，多半只能死記，但不管名詞是陰性或陽性，用來修飾這名詞的冠詞或形容詞也相對的要有變化。接下來請務必記得以下最常用的幾個重點。

1. 冠詞：陽性時為le；陰性時為la。

　　如：le salon（客廳）、la table（桌子）

2. 不定冠詞：陽性時為un；陰性時為une。

　　如：un ami（一個男性朋友）、une amie（一個女性朋友）

3. 名詞的陰性形式，通常在陽性名詞後頭加e。

　　如：un étudiant（一位男學生）、une étudiante（一位女學生）

4. 陽性名詞本身若以e結尾，陰性則維持即可。

　　如：un artiste（一個男性藝術家）、une artiste（一個女性藝術家）

5. 其他常見規則

(1) er結尾的陽性名詞，陰性時多改 ère。

    如：un étranger（一個陌生男子）、une étrangère（一個陌生女子）

(2) 以el、en、on結尾的陽性名詞，陰性時則多成 elle、enne、onne。

    如：un chienune（一隻公狗）、une chienne（一隻母狗）

(3) 以eur結尾的陽性名詞，陰性時多將eur改 euse或rice。

(4) 以f結尾的陽性名詞，陰性時多將f改 ve。

(5) 以x結尾的陽性名詞，陰性時多將x改 se。

(6) 有些名詞陰、陽性名詞完全看不出關聯，但又有陰、陽性名詞完全同個字的，此外也有陰、陽性有相同的字根，但不同的字尾。老話一句，多接觸就記下來了。

二、單複數

　　接下來介紹比較簡單的單複數。比起陰、陽性，法語單複數的規則和英語非常類似，基本上就是加上s即可，但這個s多半不需發音，但使用時，同時要注意相配配合的冠詞或形容詞，也要相對變化。

陰陽性/單複數使用簡表

	陽性	陰性	複數型式
定冠詞	le	la	les
不定冠詞	un	une	des

三、主詞和所有格

　　認識了陰、陽性及單複數後，再來認識主詞和所有格，就會相對簡單許多。在法語裡，主詞基本上有六種，其中vous可當作「你們」，也可當作敬稱「您」來使用，如果與不認識、剛認識或長輩們說話，可用vous，若與熟識的人或平輩說話，則用tu即可。

　　「反身代名詞」簡單來說就是「我自己」、「你自己」、「他/她自己」、「他們自己」等意思，依六大主詞而變動。

	我	你	他/ 她/ 我們	我們	你們	他們/她們
主詞	je	tu	il/elle/on	nous	vous	ils/elles
反身代名詞	me	te	se	nous	vous	se

　　「所有格」會跟隨著六大主詞、及陰陽性和複數做變化。

	我的	你的	他的/ 她的/ 我們的	我們的	你們的	他們的/她們的
陽性	mon	ton	son	notre	votre	leur
陰性	ma	ta	sa	notre	votre	leur
複數	mes	tes	ses	nos	vos	leurs

國家圖書館出版品預行編目資料

玩法國，帶這本就夠了！/ Yannick Cariot、蘇曉晴著
--初版--臺北市：瑞蘭國際, 2013.06
160面；17 x 23公分--（繽紛外語系列；22）
ISBN 978-986-5953-34-8（平裝附光碟片）
1.法語 2.旅遊 3.會話

804.588   102008260

繽紛外語系列 **22**

玩法國，帶這本就夠了！

作者｜Yannick Cariot、蘇曉晴‧責任編輯｜呂依臻、王愿琦
校對｜Yannick Cariot、蘇曉晴、呂依臻、王愿琦

法語錄音｜Yannick Cariot、Marjorie Bellemin-Ménard‧錄音室｜采漾錄音製作有限公司
封面‧版型設計｜余佳憓‧內文排版｜帛格有限公司、余佳憓
美術插畫｜Ruei Yang‧地圖繪製｜許巧琳‧印務｜王彥萍

董事長｜張暖彗‧社長兼總編輯｜王愿琦‧副總編輯｜呂依臻
副主編｜葉仲芸‧編輯｜周羽恩‧美術編輯｜余佳憓
企畫部主任｜王彥萍‧業務部主任｜楊米琪

出版社｜瑞蘭國際有限公司‧地址｜台北市大安區安和路一段104號7樓之1
電話｜(02)2700-4625‧傳真｜(02)2700-4622‧訂購專線｜(02)2700-4625
劃撥帳號｜19914152 瑞蘭國際有限公司‧瑞蘭網路書城｜www.genki-japan.com.tw

總經銷｜聯合發行股份有限公司‧電話｜(02)2917-8022、2917-8042
傳真｜(02)2915-6275、2915-7212‧印刷｜宗祐印刷有限公司
出版日期｜2013年6月初版1刷‧定價｜350元‧ISBN｜978-986-5953-34-8